발리의 춤

Tarian Bumi

by Ida Ayu Oka Rusmini

발리의 춤

Tarian Bumi

오까 루스미니 | 이연 옮김

도서출판 b

⫶ 차 례 ⫶

5

"엄마… 엄마…."

루 사리의 목소리를 듣고 뜰라가는 눈을 동그랗게 떴다.

"사리, 엄마가 매번 말하지 않던, 소리 지르며 말하지 말라고. 일단 집에 들어와서 얘기하렴."

뜰라가는 어린 딸의 뺨을 톡톡 두드렸다. 사리는 미소를 지으며 엄마의 무릎에 앉았다. 뜰라가는 사리의 이마에 송골송골 맺힌 땀을 닦아주었다. 사리의 작고 귀여운 손이 뜰라가의 뺨을 어루만지고 있었다.

"우리 사리가 오늘은 학교에서 뭘 가지고 왔을까? 또 상장을 가지고 왔으려나?"

"네. 학교에서 속독 대회를 했어요."

"오… 이게 모두 상으로 받아온 거니? 이렇게나 많이?"

뜰라가는 딸의 머리카락을 쓰다듬으며 숨을 들이마셨다.

"네."

사리는 눈동자를 동그랗게 굴렸다. 앞에 있는 엄마에게 확신을 심어 주려고 노력하는 모습이 역력했다.

"모두 학교 교감선생님한테서 받은 거예요. 선생님은 정말 멋져요, 게다가 성격도 좋으시고요, 엄마. 하지만 안타깝게도 선생님은 제게 가까이 다가오신 적이 단 한 번도 없으세요. 제가 늘 선생님의 관심을 끌려고 노력하는데도요. 엄마, 실은 예전에 제가 선생님 손에 뽀뽀를 한 적이 있었어요. 그랬더니 선생님이 이상한 시선으로 절 뚫어지게 바라보시는 거예요. 그 선생님 귀엽지 않아요, 엄마?"

사리는 킬킬대며 웃었다. 그러더니 손에 있는 꾸러미들을 높이 던졌다가 받기를 반복하며 빙글빙글 돌아댔다. 사리의 치마가 위로 들쳐져 귀여운 다리가 보였다. 사리는 참 아름다운 다리를 가지고 있었다.

뜰라가의 눈에 눈물이 고였다. 만일 이 아이가 관심을 끌려 했던 그 남자선생님이 누구인지 알게 된다면 틀림없이 기뻐서 고래고래 소리를 지르며 고모와 사촌들에게 이렇게 말하겠지. 난 귀족의 핏줄이에요…. 뜰라가는 숨을 들이마셨다. 사리야말로 그녀가 살고 싶다는 바람의 끈을 놓지 않게 만드는 유일한 존재이다.

사리는 여전히 기쁨에 들떠 폴짝폴짝 뛰어다녔다. 사리의 싱그러운 웃음소리는 뜰라가를 심연의 자연 속으로 데리고 갔다. 사리는 뜰라가의 다리를 꼭 껴안았다. 등에 땀이 가득 찼다. 사리는 천천히 엄마의 무릎 위로 다시 올라갔다. 다리를 흔들며 입술은 엄마의 뺨에 연신 뽀뽀를 해댔다. 축축한 엄마의 눈동자를 응시하며 작고 귀여운 손으로 엄마의 뺨을 감쌌다. 뜰라가는 아이의 손을 쥐고 온 마음을 담아 아이의 손에 입을 맞췄다. 그러자 사리는 활짝 웃으며 뜰라가를 꼭 껴안았다. 사리의 눈은 점점 더 매력적으로 변해가고 있었다. 일곱 살의 이 여자아이가 너무나 예뻐서 불안할 정도였다. 뜰라가는 통통한 아이의 볼을 꼬집고, 곧게 선 콧날이 빨개질 때까지 코를 비틀어 보고 싶었다.

뜰라가는 후에 아이가 삶에서 자신이 머물 수 있는 자리를 가져다 줄 수 있기를, 또한 세상에서 가장 아름다운 무희가 되길 간절히 소망했다. 모든 춤의 신들이 가진 아름다움을 전부 물려받은 무희가 될 수 있기를….

"사리가 바라는 건 뭘까?"

뜰라가는 딸의 볼에 조심스럽게 입을 맞췄다.

"저는 열심히 공부할 거예요, 엄마. 나중에 제가 크면 우리 할머니 곁을 떠나요. 엄마는 사리랑 살면 되잖아요. 사리가 엄마한테 좋은 집도 사주고 좋은 정원도 만들어줘서 엄마가 실컷 꽃을 심을 수 있게 해줄 거예요. 그리고 또 엄마한테…."

사리는 쉬지 않고 자신의 바람들을 늘어놓기 시작했다. 사리의 목소리는 뜰라가를 침묵하게 만들었다.

일곱 살짜리 어린아이가 벌써 삶의 고통을 배워버린 모양이다. 더 잘 돌봤어야 했는데. 아이에게 엄마가 힘들어 하는 모습을 보여주지 말았어야 했는데. 뜰라가는 자신에게 욕을 퍼붓고 싶었다. 그럴수록 상처는 뜰라가를 점점 고통의 구덩이로 가라앉게 만들었다. 뜰라가는 마치 자신과 겨루고 있는 듯했다. 온전한 여성이 되고자 인생의 여정에 심어 놓았던 자신의 꿈과 씨름하는 것 같기도 했다. 뜰라가는 항상 마음이 이끄는 대로 따르려 했고 그러한 자신의 선택이 옳았다고 믿었다. 이상하게도 스스로에게 그렇게 확신시키려 하자 온몸이 떨려 왔다. 그러면서 뜰라가의 머릿속엔 과거가 풀쩍 뛰어 들었다.

***

올렉춤[1]이라면, 이다 아유 뜰라가를 대적할 사람이 없다는 것은 온 마을 사람들이 다 알고 있는 사실이었다. 올렉춤은 사랑의 음미에 대한 춤이며 남녀 간의 아름다운 사랑을 담고 있는

---

1. 올렉춤(Tarian Oleg)의 정식 명칭은 '올렉 땀부릴링안(Oleg Tambulilingan)'으로, 'Oleg(올렉)'은 '유연하고 부드러운 움직임'을 의미하고, 'Tambulilingan(땀부릴링안)'은 꽃의 꿀을 따는 곤충의 이름이다. 올렉춤은 화단에 있는 꽃들과 친밀하게 어울리는 한 마리의 땀부릴링안의 동작들을 보여주는 춤이다.

춤이다. 정열적인 동작에서 자아와 욕망이 서로 앞다투며 격렬한 싸움이 쏟아져 나왔다. 둘 중 어느 하나도 완전한 승리를 이룰 수 없었다. 남녀 무희의 몸이 서로 얽히게 되면 무엇인가 야생적인 것이 튀어 나왔다. 무희들은 마치 자신들이 맡은 역할과 격렬히 씨름하는 듯했다. 무희들의 땀방울이 무대를 점점 열광의 도가니로 만들었다. 땀 냄새가 두 무희의 다리 사이에서 뿜어 나왔다. 춤을 출 때면 마치 온 우주가 뜨라가를 축복하는 것 같았다. 오직 뜨라가의 육체만으로 신들이 타협하는 것 같았다.

"그녀가 브라만 계급[2]의 여자라서 모든 신들이 그녀에게 육안으로는 볼 수 없는 내면의 힘을 불어넣어 준 거야. 대단하지 않아? 봐! 그녀가 춤을 출 때 모든 사람들의 눈이 그녀의 온몸을 핥아먹어버리는 것 같아. 저 여자는 얼마나 운이 좋은지. 귀족인 데다가, 부자이고, 게다가 아름답기까지. 신들의 축복이 아니라면 뭐겠어."

한 여자가 시니컬하게 말했다. 친근함이라고는 찾아볼 수 없는 날카로운 눈매에 입에는 질투가 어려 있었다.

"그렇다고 누가 진정 그녀의 행복을 알 수 있겠나? 자네는 그저 육신의 눈으로만 그녀를 볼 뿐이야. 사드리, 지금 춤을 추고 있는 저 여자는 후에 아주 험난한 인생의 여정을 걷게 될 것이네.

2. 발리의 신분제도, 카스트 계급은 Brahmana, Kesatria, Wesia, Sudra로 나뉘며 인도 힌두교 와루나(Waruna) 체계의 4성 제도에 근거하고 있다. 브라만(Brahmana)은 발리 카스트 계급의 최상층이다.

늘 수많은 문제와 당면하게 될 거야. 상처가 마를 날이 없겠지. 그렇게 쉽게 인간을 평가해서는 안 돼, 사드리. 그렇게 간단한 것이 아니네. 자네는 인간을 다른 각도에서 이해할 수 있도록 삶에 대해서 더 배워야 할 것 같군. 그것을 이해하기 전까지 자네는 진정한 인간이 될 수는 없을 거야."

위 아래로 흰 옷을 입은 한 노파가 사드리의 어깨를 톡톡 두드렸다. 순간 사드리는 어떤 말도 할 수 없었다. 정신을 차렸을 때 이미 그 노파는 무대를 둘러싸고 있는 인파 속으로 사라지고 없었다.

뜰라가의 소꿉친구인 사드리는 숨을 내쉬었다. 상처? 뜰라가에게 깊이 새겨 있는 상처가 대체 뭐란 말인가? 사드리는 흰옷을 입은 노파가 다시 나타나 그 말의 의미가 뭔지를 설명해주길 바라는 마음으로 주변을 둘러보았다. 그러나 소용없었다. 마치 이슬방울이 그 노파를 빨아들인 것 같았다. 사드리는 다시 숨을 내쉬었다. 그리곤 혼잣말로 중얼거렸다. 노파와의 대화는 현실이 아닌 것 같아. 아마도 그 노파는 뜰라가에 대한 질투심의 환영이 아니었을까? 맞다. 사드리는 뜰라가가 마을 온 처녀들의 아름다움을 다 합쳐 놓아도 모자랄 만큼의 아름다움을 가지고 있었기에 뜰라가를 질투하고 있었다.

"이 나쁜 생각들을 버려야 해. 오, 신이시여. 뜰라가가 저한테 그처럼 잘하는데, 제가 이런 생각을 하다니 전 얼마나 사악한가요. 뜰라가는 저희 가족에게도 모든 예의를 다 갖추지요. 저희 엄마도 뜰라가를 무척 사랑한답니다. 엄마 말씀에 따르면 뜰라가처럼 엄마를 존중해주는 귀족 여성은 아무도 없었대요. 신이시여. 그런데도 왜 저는 저 무대 위에 있는 여자에 대한 미움을 버릴 수 없는 걸까요? 왜일까요? 뜰라가는 저희 가족을 위해서 늘 마음을 써주는데 말이지요."

사드리는 손을 꾹꾹 눌렀다. 집안의 대들보인 오빠, 와얀이 아팠을 때가 생각났다. 오빠가 아프자 당장 집안의 생계에 문제가 생겼다. 그때 뜰라가가 쌀과 생선을 가져다주었다.

"이거 어머니께 드려. 만일 어머니께서 받지 않으려 하시면, 대신 우리 귀족 사원 예식에 쓸 제사 음식을 만들어다 주시면 된다고 전해줘."

뜰라가의 목소리는 사드리의 어머니에 대한 예의를 담고 있었다. 그 때문에 사드리는 왜 자신이 그처럼 착한 뜰라가를 미워하는지 도무지 상식적으로 이해가 되지 않았다. 와얀 오빠가 춤을 추지 못하거나 그림을 그릴 수 없을 때에는 항상 뜰라가가 도움을 주러 왔다. 뜰라가는 늘 아무도 모르게 도움을 주려 했다.

"다른 사람에게는 말하지 마, 사드리."

뜰라가는 늘 이렇게 말했다. 그럴 때면 사드리는 재빨리 고개를 끄떡이곤 뜰라가가 가져온 설탕, 커피, 건어물 등을 큰 광주리에 챙겨 넣었다. 뜰라가는 정말 좋은 사람이다. 그러나 뜰라가가 좋은 사람이라는 것을 생각할수록 그녀에 대한 미움도 커져만 갔다. 사드리 앞에 서 있던 한 남자가 장난스럽게 속삭이자 사드리의 상념은 사라졌다.

"저 여자가 브라만 계급이라는 게 너무 아쉽군. 만일 저 여자가 수드라[3]라면 내 욕정이 사그라질 때까지 그녀를 쫓아다닐 텐데. 만일 저 여자가 내 목숨을 원한다면 오늘이라도 당장 기꺼이 주겠어."

뿌뚜 사르마였다. 마을의 온 수드라 여성들이 모이기만 하면 뿌뚜 사르마에 대한 이야기뿐이었다. 그는 건너편 마을 사람이다. 사드리는 그의 눈을 매우 좋아한다. 차가운 눈. 냉소적이며 감정이라고는 찾아볼 수 없는 눈. 그의 몸과 가까워지거나 그의 목소리를 들을 때면 사드리는 온몸이 촉촉해지는 걸 느낄 수 있었다. 그리고 전율했다. 마치 거대한 파도가 자신의 몸을 삼키는 것 같았다. 사드리는 그런 느낌이 황홀했다. 뿌뚜 사르마의 육체는 너무나 눈부셨다. 그의 체취조차도 짜릿했다. 그는 뜰라가가 춤을 추는 날이면 항상 무대 가까이에 서 있었다. 그는 늘 윗옷은 입지 않고 달랑 천 한 장으로 하체를 가리고 다녔다. 바람이 그의 몸을 스치고 지나갈 때 천이 거의 벗겨질 뻔한 것을 본 적이 있었다. 그날 밤 사드리는 한숨도 자지 못했다. 그의 나체가 사드리의 머릿속에 불꽃처럼 머물러 있었다. 그의 벗은 몸이 사드리의 몸과 모든 움직임을 불태웠다. 사드리는 그의 땀이 손에 닿자 불안해졌다. 그의 땀은 사드리를 취하게 만들었다. 사드리는 이불을 걷어

••
3. 수드라(Sudra)는 발리 카스트 계급의 최하층이다.

14

내고 싶었다. 이불 대신 밤바람을 덮고 싶었다. 뿌뚜 사르마와 한 몸이 되는 상상을 하자 온몸이 뜨거워졌다.

만일, 온 마을 처녀들의 사랑을 한 몸에 받고 있는 남자가 자신을 좋아하고 있다는 것을 알게 되면 뜰라가는 분명히 좋아하겠지. 사드리의 상상은 점점 커져만 갔다. 사드리는 자신이 남몰래 사랑하고 있는 남자가 다른 여자를 칭찬하는 것을 참을 수가 없었다. 더 참을 수 없는 것은 그 다른 여자가 바로 뜰라가라는 것이다.

"사르마, 꿈도 꾸지 마. 브라만 여자가 네 마음을 알아주거나 받아 줄 리가 없어. 그녀가 그런 마음을 갖기도 전에 신들이 그녀를 죽여 버릴걸."

한 남자가 사르마의 어깨를 쳤다. 그러자 사르마는 크게 웃었다.

"맞아. 그녀는 신들의 애인이지. 대체 왜 저 여자가 온 지구상의 아름다움을 다 가졌을까. 내가 신들로부터 저 여자를 뺏어오면 넌 뭐라 말할래?"

그 옆의 한 남자가 말했다. 그의 손은 앞에 서 있는 여자의 허벅지를 꼬집고 있었다. 그러자 여자의 눈이 휘둥그레졌다. 남자들은 마치 아무런 잘못도 하지 않은 것처럼 굴었다.

"그녀의 피부는 태양의 빛으로 만들어진 것 같아. 네가 그녀의 몸을 만지려 들면 모든 신들이 널 공격할걸."

또 다른 남자 한 명이 덧붙였다. 그들은 모두 낄낄대며 웃었다.

그들의 눈은 마치 뜰라가의 몸을 두르고 있는 천들을 한 장 한 장 벗겨 낼 듯 정욕으로 불타고 있었다.

뜰라가는 그 남자들의 모든 말을 잠자코 듣고만 있었다. 어머니가 뜰라가의 몸에 무엇인가를 심어 놓았다는 것을 알고 있다. 춤을 출 때마다 자신을 편치 않게 만드는 그 무엇인가를.

"애야, 너는 이 귀족 사원에서 가장 아름다운 여성이 되어야 한다. 너는 엄마의 희망이란다. 엄마는 네게 모든 것을 다 걸었어. 그러니 자신을 잘 지켜야 한다. 넌 반드시…."

뜰라가에게 열 달 동안 자궁을 빌려 준 엄마의 목소리는 소름이 끼칠 정도였다. 뜰라가를 돌봐주는 방식도, 뜰라가에게 충고하는 방식도 모두 소름 끼쳤다. 삶에 대한 엄마의 투쟁적인 태도는 뜰라가를 두렵게 만들었다.

엄마는 귀족 태생이 아니었다. 고귀한 귀족의 피가 흐르고 있는 브라만 남자가 아내로 맞이한 수드라 여자였다.

엄마의 몸에 수많은 정자를 쏟아 부은 남자, 아버지란 사람을 뜰라가는 잘 알지 못했다. 뜰라가에게 아버지는 세상에서 가장 멍청한 남자일 뿐이었다. 삶에 묻고 싶었다. 자연의 힘은 왜 그녀를 이다 바구스 응우라 삐다나의 딸로 선택했는가를.

어느 날인가, 아버지가 버럭 소리를 질렀다. 온갖 욕설을 퍼부어대는데 무슨 말인지 통 알 수 없었다.

"이 집구석에서 내가 얼마나 힘든지 알아주는 사람이 하나도 없어!"

16

아버지는 미친 듯이 날뛰고 욕설을 퍼부어대는 것으로 자신의 권위를 내세우는 것 같았다.

뜰라가에게 있어 그 남자는 단지 세상에서 가장 고귀한 호칭인 아버지라 불러야 하는, 그저 바보 같은 남자에 불과했다. 제대로 된 행실이라곤 찾아볼 수 없는 남자였다. 그저 자신이 남사라는 것만 내세울 뿐이었다. 신뢰라고는 눈곱만큼도 할 수 없는 사람이었다. 한심한 것은 그런 남자에게 아버지라고 불러야 한다는 것이다. 게다가 아버지는 양가 순수 귀족 혈통의 부모 아래에서 태어났기 때문에 뜰라가는 아버지의 이름 앞에 극존칭의 호칭을 덧붙여야 했다.

사람들은 뜰라가가 수드라 출신의 어머니에게서 태어났기 때문에 귀족 사원에 있는 모든 사람들의 이름 앞에 극존칭의 호칭을 사용해야 한다고 말했다. 그녀의 몸에 살덩어리를 더해준 아버지란 남자를 포함해서 말이다. 그 남자에게는 정말 가당치도 않은 호칭이었다. 생각하면 할수록 더 기가 막힌 것은 그 아버지란 사람은 절대 스스로의 잘못을 인정하려 들지 않는다는 것이다. 오히려 그는 자신의 잘못을 덮기 위해 매사를 남의 잘못으로 돌렸다.

뜰라가의 기억에 아마 그때가 아홉 살이었을 것이다.

***

집 대문은 꽉 닫혀있었다. 쪽문 사이로 엄마의 우는 소리만 새어 나왔다. 할머니 앞에서는 아무것도 할 수 없는 한 수드라 여성의 울음소리가 들려 왔다. 할머니가 인생을 더 살았다는 이유만으로 엄마는 영원히 할머니의 아랫사람이었다. 할머니에 비하면 엄마는 아무것도 모르는 사람이고 귀족의 가치 규범을 이해하지 못하는 사람이었다. 할머니는 모든 신들로부터 받은 고귀함과 아름다움이 온몸에 뿌려진, 아주 품위 있는 여성이었다. 할머니는 자신이 원하는 대로 살아야 직성이 풀리는 아들을 낳았다. 할머니가 낳은 아들은 세상에서 가장 이상한 남자였다. 수개월 동안 집을 나가서 돌아오지 않곤 했다. 집에 오면 하는 일이라곤 닭싸움을 시키거나 대로변에서 여자들과 주저앉아 술만 퍼 마셨다. 자신의 어머니를 수치스럽게 하는 행동만 할 뿐이었다.

"네 남편의 다리를 꽁꽁 묶어라, 끄낭아."

할머니는 소리를 지르며 말씀하셨다.

"이 아이는 제 아비처럼 자존감이라고는 찾아볼 수 없는 인물이다. 빌어먹을 놈!"

할머니는 계속해서 욕을 퍼부었다. 담뱃잎을 씹고 있는 할머니의 입술은 더더욱 이상해 보이기만 했다. 그럴 때면 영락없이 마녀처럼 보였다.

눈물을 줄줄 쏟아내며 엄마는 아버지의 다리를 묶었다. 다리를 묶어 놓지 않으면 아버지는 미쳐 날뛸 것이다. 그리고 아버지가 미쳐 날뛰게 되면 집안의 살림살이는 남아나는 것이 없었다.

대체 아버지가 원하는 것이 뭐란 말인가. 왜 이토록 주변 사람들을 힘들게만 할까. 할머니가 시키는 대로 하며 엄마는 통 알 수 없는 눈빛을 보였다. 연민에 가득 찬 엄마의 눈빛은 낯설어 보였다. 엄마의 눈은 종종 공허했다. 그럴 때면 할머니는 더 심하게 욕설을 퍼부었다.

"끄낭아, 너는 내 아들에게 행복을 가져다 준 적이 없구나!"

할머니의 말은 비수가 되어 엄마의 가슴을 찔렀다. 엄마는 울음을 참으며 그저 잠자코 있었다. 할머니는 끊임없이 엄마에게 심한 말을 퍼부었다. 할머니의 시뻘건 입술에서 도무지 의미도 알 수 없는 이상한 욕설과 저주가 터져 나왔다. 엄마는 고개를 숙이고만 있었다. 엄마는 단 한 번도 할머니에게 맞선 적이 없었다. 할머니의 욕설이 여자로서의 엄마의 자존심을 무너뜨릴지라도 엄마는 늘 가만히 있었다.

아버지가 술에 취해 오거나 마을 사람들과 몸싸움을 해서 옷이 다 찢어진 채로 집에 들어오면 할머니는 잔뜩 인상을 쓰고 엄마를 쳐다봤다.

"내 아들 하나도 제대로 못 챙기는구나."

할머니의 목소리는 한숨에 가까웠다. 그럴 때면 뜰라가는 이 두 명의 여인 중에 대체 누구의 편을 들어야 할지 몰랐다. 할머니의 편을 들 것인가? 아니면 엄마? 이상한 것은 뜰라가는 매번 이 무거운 선택의 상황에 놓이게 된다는 것이다.

할머니는 대단한 여성이었다. 할머니의 집안은 매우 부유한 귀족집안이었다. 어렸을 때 할머니는 아주 행복했다고 한다. 원하는 것은 뭐든 다 가질 수 있었다. 할머니의 아버지는 많은 신도들을 거느린 제사장이었고, 모든 신도들은 그의 사원에 충직했다. 그런 아버지를 두었기 때문에 자동적으로 할머니도 신도들로부터 사원의 다른 여성들과는 차별적인 지위를 지니고 있었고 남다른 대우를 받았다.

소문에 의하면 할머니는 매우 부자이고 아름다우셨다고 한다. 하지만 할머니의 어머니는 아들이 없어서 할머니를 가난한 남자와 혼인시켜 데릴사위를 들였다. 할아버지의 이름은 이다 바구스 뚜구르이다. 고등교육을 받은 할아버지는 고위 관직에 오르려는 야망만을 가지고 있었다. 할아버지의 삶에 여자라고는 끼어들 틈이 없었다. 이 때문에 할머니의 부모님은 할머니를 그와 혼인시켰다. 냉철한 할아버지는 결국 덴빠사르 왕의 신임을 받아 군수가 되었다. 꿈이 실현되자 할아버지는 진정한 의미의 권력을 소유하게 되었다. 할아버지는 아들과 아내가 있다는 것, 심지어 처가의 데릴사위라는 것조차 잊어버렸다.

돈과 지위는 할아버지를 가난으로부터 벗어나게 했다. 처가로부터의 압력을 남자로서 자신의 지위가 떨어지는 것으로 받아들였다. 할머니가 할아버지를 귀족 사원에 있는 모든 귀족 남성들과 동등하게 대우해 드렸는데도 말이다.

반면 할머니는 할아버지를 점점 깊이 사랑하면 할수록 스스로를 증오하게 되었다. 할아버지를 향한 사랑은 할머니로 하여금 점점 할아버지의 곁에서 밀려나는 듯한 느낌을 주었다. 날이 갈수록 할아버지가 점점 바빠졌기 때문이다. 할아버지는 집에 있는 날이 거의 없었다. 할머니는 할아버지께서 어딜 다니시는지 물어보는 것이 두려웠다. 할머니는 혹시 자신이 버림받을까 봐 두려웠던 것이다. 예전에 할머니는 자신에게 잘못이 있다고 생각했다. 집안에서 할머니 자신이 가장 권위가 있다고 생각했으며 할아버지가 지금 그 자리에 있는 것은 다 할머니 덕이라고 생각했기 때문이다. 그래서 늘 할아버지를 편견 어린 시선으로 바라보았다. 그러나 할아버지는 묵묵히 자신의 길만 걸어갔다. 할머니를 존중했고 할머니의 친정부모에게 모든 예의를 다 갖추었다. 아내에게 여성으로서의 대우를 충분히 해주었다. 그러자 할머니는 변하기 시작했다. 할머니가 변한 것은 할아버지의 사회적 지위가 높아지기 시작했을 때부터였다. 할머니는 할아버지의 모든 식사를 손수 챙기셨다. 할머니는 집안에서 할아버지와 자신의 지위가 동등해 보이도록 애썼다. 그러나 할머니의 모든 노력은 소용이 없었다. 할머니는 혼자 외로운 투쟁을 하고 있었다. 이윽고 할아버지에게 아름다운 무희 애인이 생겼다는 소문이 돌기 시작했다. 할머니를 분노하게 만든 것은 할아버지의 애인이 브라만 계급이 아니라 수드라 계급의 여성인 데다가 애가 둘 딸린 과부였다는 것이다. 게다가 애지중지 하는 외아들이 수드라 계급의 여성에게 마음을 빼앗기자 할머니의 실망은 극에 달했다. 할머니는 모든 꿈과 자존심마저 상실한 느낌이 들었다. 단 하나밖에 없는 자식이 귀족 계급이 아닌 여성을 아내로 맞이하겠다고 하자 할머니의 자존심은 크게 상했다. 모든 희망이 자신을 버리고 떠난 듯한 기분마저 들었다. 삶의 방향마저 잃어 버렸다.

"뜰라가야. 한 집안을 일으켜 세운다는 것은 여자의 힘으로는 엄청나게 힘든 일이란다."

할머니의 목소리는 한탄에 가까웠다.

"할머니 지금 무슨 말씀이세요?"

"너에 대한 얘기다."

"할머니 좀 이상해지셨어요."

"그게 아냐."

할머니는 긴 숨을 내쉬셨다. 그리고 나선 하나밖에 없는 손녀딸의 머리카락을 쓰다듬었다.

"이제 다 컸구나, 뜰라가. 난 항상 네 운명이 내 운명보다는 낫기를 기도한단다. 누군가와 사랑에 빠진 적이 혹시 있니?"

"할머니도 참…."

뜰라가는 입을 삐죽거렸다. 뜰라가의 뺨이 빨개졌다.

"후에 네가 누군가와 사랑에 빠지게 되거든, 너는 반드시 네 자신에게 수백 가지의 질문을 던져 보아야 한다. 네가 지금 정말 사랑이라는 것을 하고 있는지 아닌지, 그리고 네 자신을 시험하고 있다는 것을 절대 다른 사람들이 알게 해서는 안 된다. 네가 네 자신에게 던진 수백 가지의 질문에 답할 수 있게 되면 이젠 그 다음 단계로 넘어가야 한다. 그 남자를 얻는 것이 네게 어떤 이득을 가져다줄지를 생각하렴. 넌 반드시 그 질문에 용기 있게 대답할 수 있어야 한다. 넌 네가 내린 결론에 확신이 있어야 해. 그러고 나서는 그 모든 것에 깊게 깊게 빠지거라. 네가 던진 수백 가지의 질문이 너의 머릿속을 가득 채우도록 내버려두어라. 사회적 제도로 인해 강요받는 결혼을 해서는 절대로 안 된다. 네게 사랑과 평온함을 가져다 줄 수 있는 남자와 결혼해라. 네 삶에 그 남자가 반드시 필요하다는 확신이 들거든 그때 그 남자와 결혼을 해. 만일 그런 확신이 들지 않거든 절대 위험을 무릅써서는 안 된다."

뜰라가는 잠자코 있었다. 그저 할머니를 응시했다. 날이 갈수록 할머니는 점점 창백해지고 기운이 없어 보였다. 대신에 사소한 일에도 화를 많이 내셨다. 아주 작은 일도 할머니는 늘 크게 만드셨다. 이 집안에서 할머니의 화를 가라앉힐 수 있는 사람은 아무도 없었다. 할머니에게 무슨 일이라도 생긴 것일까? 할머니가 매우 고통 받고 있다는 소문이 사실일까?

귀족 사원 사람들이 할머니에 대해 많은 이야기를 해주었다. 할머니는 예전에 이 마을에서 가장 아름다우셨다. 언제나 상냥하고 모두에게 예의를 갖춰서 말씀하셨고 겸손하셨다. 사원의 많은 남자들이 할머니를 사모했다. 그러나 귀족 사원에 있는 어떤 남자에게도 할머니의 마음은 끌리지 않았다. 그저 남자 형제들처럼 생각되었다. 그래서 할머니의 부모님은 할머니가 사원 내의 브라만 남자들과 결혼하는 전통을 따르지 않을까 봐 걱정이 많으셨다. 할머니는 외동딸이셨기 때문이다. 만일 할머니가 사원 내의 사람이 아닌 외부 사람과 결혼을 하게 되면 할머니의 부모님을 책임질 수 있는 사람이 없게 되는 것이다. 그래서 끝내 대가족 회의를 열어 할머니의 신랑감을 골랐다.

사원 사람들은 할머니가 순순히 가족회의의 결정에 따른 것을 의아하게 생각했다. 후에 사람들은 할머니가 가족회의에서 골라준 할아버지를 진심으로 사랑했다는 것을 알게 되었다.

"하지만 안타깝게도 그 남자는 너의 할머니에게 적합한 남자가 아니었단다. 할머니는 너무 순진했었지. 할머니에게 사랑이란 매우 신성한 것이었단다. 그리고 귀족의 가치를 매우 중요하게 생각했어. 물론 너의 할머니는 사원 밖의 모든 사람들에게도 예의를 다하고 겸손하게 행동했지. 그러나 속마음으로는 귀족 사원 내의 남자들이 귀족이 아닌 여성과 결혼하는 일이란 절대 없어야 한다고 생각했단다. 이에 대한 할머니의 고집은 여간 센 것이 아니었어. 귀족성은 반드시 지켜져야 하는 것이라고 늘 사원의 모든 여성에게 말하곤 했었지. 할머니가 너의 할아버지를 무척 사랑했다는 것을, 뜰라가 너는 잘 알아야 해. 할머니는 겉으로는 거칠어 보이고 매사에 화를 내는 것처럼 보이지만, 실은 주체할 수 없는 사랑 때문에 큰 고통을 받고 있단다. 자신과 결혼한 남자를 온전히 자신의 것으로 가질 수 없다는 것이 얼마나 고통이었겠니. 그러니 할머니를 미워해서는 안 돼, 뜰라가. 할머니가 이제까지 얼마나 큰 고통을 받아왔는지 넌 모른다. 하나밖에 없는 아들이 귀족이 아닌 여성과 결혼을 했으니 그 실망이 얼마나 컸겠니.

다른 사람도 아니고 네 아버지만큼은 귀족 여성과 결혼을 했어야 했는데 말이다."

뜰라가는 할머니를 이해하려고 노력했다. 할머니가 받은 상처는 가슴속에 깊이 새겨져 있었다. 그리고 그 상처는 나름대로의 의미를 가지고 있었다. 할머니의 단 하나밖에 없는 아들이 창녀촌에서 시체로 발견되었을 때 할머니 가슴속 상처는 더욱 짙어졌다. 뜰라가의 아버지는 발가벗은 채 칼에 찔린 시체로 발견되었다. 입에서는 지독한 술 냄새가 풍겼다.

"그가 가도록 내버려 두어라, 꼬냥아! 빠르면 빠를수록 좋다. 예전에 난 네가 내 아들이 필요로 하는 여자가 되어 줄 거라 생각했지. 그러나 넌 그런 여자가 되지 못했다. 눈물은 뭐하려고 흘리는 게냐? 눈물을 아껴 두어라. 지금은 그 눈물이 아무 소용이 없다. 네 눈물이 내 아들을 다시 살릴 수도 없는 게 아니냐. 그 눈물은 잘 간직해 두었다가 후에 더 큰일에 흘리도록 해라. 네가 결혼한 이 남자에게 흘릴 눈물이 아니다. 내 말을 잘 새겨들어라."

할머니의 목소리는 단호했다. 하나밖에 없는 아들의 시신을 앞에 두고 눈물 한 방울 흘리지 않으셨다. 꼿꼿이 서서 화장터의 불길을 끝까지 바라보셨다. 연기가 부패한 시신을 휘감을 때까지 그 움푹한 뺨에는 단 한 방울의 눈물도 흐르지 않았다. 할머니는 정말이지 대단한 여성이다.

아버지의 죽음 이래로 할머니는 더 이상 어머니에게 욕설을 퍼붓지 않으셨다. 할머니는 그저 흔들의자에 앉아 하루 종일 종교

예식에 쓰일 도구만을 만드셨다.

뜰라가에게 아버지라는 존재는 있으나마나였다. 아버지는 뜰라가의 삶 속에 어떠한 자리도 가지고 있지 않았다. 심지어 뜰라가는 아버지란 사람을 잘 알지도 못했다. 몇 달씩 집을 떠나 있었고 집에 있을 때면 술만 마셔댔다. 아버지는 직업도 없었다. 뜰라가는 자신을 세상에 있게 한 아버지라는 사람의 무릎에 앉아본다는 것이 어떤 느낌인지 상상할 수조차 없었다.

아버지는 뜰라가의 삶에서 그저 그렇게 스쳐가 버린 사람에 불과했다. 아버지는 뜰라가가 사랑한 사람들의 마음에 상처만을 주었을 뿐이다. 아버지가 돌아가시고 한 달 후, 하는 말씀이라고는 욕설뿐인 할머니도 뒤이어 세상을 떠나셨다. 이제 집에 남은 사람이라고는 뜰라가와 엄마, 그리고 할아버지 이렇게 셋뿐이었다.

***

뜰라가가 여성으로 성장하는 과정에서 두 번째로 중요한 역할을 한 여성은 엄마였다. 뜰라가의 엄마, 루 스까르(끄낭아의 결혼 전 이름: 옮긴이)는 특별한 여성이었다. 엄마는 귀족의 가치를 너무나 중시했다. 뜰라가는 엄마의 사고방식을 받아들이기가 힘들었다. 루 스까르는 귀족 사원의 일원이 된 것에 대해 큰 자부심을 가지고 있었다. 귀족 사원의 일원이 되었다는 것은 그녀의 지위가 마을 수드라 계급의 여성들에 비해 훨씬 높다는 것을 의미했다.

뜰라가의 엄마, 스까르는 처녀 적에 수드라 계급 남성들의 구애를 모두 거절했다. 스까르는 늘 절친한 친구인 껜뗀에게 반드시 브라만 남성과 결혼하고 말겠다고 말했다.

"내 삶에 무슨 일이 벌어진다 해도 난 반드시 귀족의 아내가 되겠어. 만일 그런 남자를 만나지 못한다면 차라리 평생 결혼하지 않을 거야."

루 스까르의 목소리는 진지했다.

"쓸데없는 소리 마, 스까르. 여긴 사원이야. 신들이 네 말을 들으시면 어쩌려고 그래."

"상관없어. 난 보름달이 뜰 때마다 사원에 와서 기도할 거야, 부디 신들이 내가 원하는 것을 알아주시도록."

"스까르!…."

동년배 여자들이 눈을 부릅뜨며 스까르의 몸을 철썩 때렸다. 그러나 스까르는 신경도 쓰지 않았다. 오히려 신들과 맞서듯이 미소를 지었다. 스까르는 작고 귀여운 입술로 껜뗀의 귀에 속삭였다.

"가난은 이제 지긋지긋해. 날 존중해주는 사람이라곤 한 명도 없어. 아버지란 사람은 공산당 폭동 사건에 연루되어 지금도 생사조차 모르지, 사람들은 우리 가족을 업신여기지, 반역자의 자식이라면서 손가락질하잖아. 빨갱이의 딸이라고. 아버지가 저지른 일인데, 그 책임을 우리 온 가족이 지고 있어. 가끔씩 난, 만일 아버지를 길에서 만나게 되면 반드시 죽여 버리겠다고 다짐해."

"스까르!"

껜뗀은 고함을 지르며 눈을 부릅떴다.

"가난은 진절머리가 난다고, 껜뗀. 제발 내가 귀족 남자 찾는 걸 도와줘. 어떤 대가라도 치르겠어. 난 준비가 되어 있다고."

"됐어. 그만해. 날 붙잡고 이상한 이야기를 해대는 건 이젠 그만뒀으면 좋겠어. 그리고 늘 찡그리고 샐쭉한 얼굴로 다니는 여자애 앞에 어떤 귀족 남자가 좋다고 나타나겠니?"

"그럼 내가 웃고 다니면서 남자들에게 친절하게 굴면 귀족 남자가 내 눈앞에 당장 나타날까?"

스까르의 목소리는 흥분에 가득 찼다.

"내 말 잘 들어, 스까르. 넌 얼마나 예쁜지 몰라. 정말 예쁘다고. 게다가 넌 춤도 잘 춰. 너에 대해서 물어보는 브라만 남자가 있으면 내가 너한테 꼭 말해…."

"너 지금 뭐랬어? 내게 반한 귀족 남자가 있다는 얘기야?"

"내 참, 일단 진정해."

"말 돌리지 마. 그게 누구야? 난 그에게 헌신할 테야. 그 남자가 가난과 마을 사람들로부터 무시당하는 이 삶으로부터 날 벗어나게 해줄 사람인 거야?"

스까르의 목소리는 떨리고 있었다.

"나도 몰라."

"대체 누구야, 껜뗀?"

스까르가 다그쳤다.

"응우라 삐다나!"

"뭐?"

스까르가 절규했다.

그 남자는 스까르가 조겟춤[4]을 추는 날이면 가장 열심히 공연을 보러 오는 사람이었다. 종종 무대로 올라와 조겟춤 무희들을 따라 춤을 추기도 했다. 마을 남자들 중 오직 응우라 삐다나만이 스까르에게 많은 돈을 찔러 주었다. 그가 주는 돈은 스까르의 네 식구가 최소 일주일 동안 충분히 먹고살 만한 금액이었다. 그 돈이면 스까르는 쌀과 건어물을 사기 위해 바나나 잎사귀들을 시장에 내다 팔지 않아도 되었다.

그런데 문제는 그가 손버릇이 나쁘다는 것이다. 스까르의 엉덩이를 만지는가 하면 알아차릴 새도 없이 벌써 손이 스까르의 가슴에 와있는 날이 허다했다. 심지어 유두까지 건드렸다. 그의 손놀림이 너무나 재빠르고 능숙하여 다른 무희들은 눈치를 채지 못했기에 스까르는 어떤 행동도 할 수가 없었다. 아니 오히려 그의 손이 자신의 몸을 헤집고 다니도록 내버려 두었다. 그의

· ·

4. 조겟춤(Joged 혹은 Joget)은 발리춤의 한 형태로 인도네시아에서는 흔히 춤을 지칭하는 용어로 통용되고 있다. 조겟춤은 전형적으로 가믈란(Gamelan)의 반주를 동반하며, 종교적인 예식을 위한 춤이 아니라 오락과 유희만을 목적으로 하는 춤이다. 조겟춤의 무용수는 모두 여자이며 그들은 춤을 추면서 남성 관객들을 무대 위로 데려와 함께 춤을 추곤 한다.

손이 몸 깊숙이 들어올수록 그가 주는 돈의 액수가 커진다는 것을 잘 알고 있었다. 그는 항상 조겟춤 그룹이 모르게 큰돈을 스까르의 옷 속에 찔러 주었다. 아무도 모르는 돈이었으므로 스까르는 그가 주는 돈을 모두 자신의 몫으로 챙겼다. 동료들을 배신하고 있다는 생각조차 들지 않았다. 보통 무희들이 팁을 받게 되면 팀장에게 알리는 것이 정해진 규칙이었다. 그러면 팀장이 모든 팁을 모아 공연이 끝난 후 무희들, 악사들, 그리고 악령이 무대에 해를 끼치지 못하도록 무대를 지켜준 사람들 등 전원에게 똑같이 돈을 나누어 주었다. 공연이 있을 때면 제사장이 무희들이 무대에 오르기 전에 제물을 바친다. 신들이 모든 무희들에게 축복을 내려 주도록 하기 위해서다. 그리고 무희들이 무대에서 내려오면 제사장은 다시 제물을 바친다. 무희들이 집에 가는 길에 악령을 만나지 않고 무사히 귀가할 수 있도록 하기 위해서다.

스까르는 조겟춤의 여주인공, 프리마돈나가 되는 일이 얼마나 힘겨운 투쟁인가를 기억했다. 조겟춤의 프리마돈나가 되기 위해서는 반드시 모든 신들의 축복이 있어야 한다는 것을 너무나도 잘 알고 있었다.

스까르의 엄마는 조겟춤과 같은 유흥춤의 프리마돈나가 되기 위해서는 사원에서 남다른 기도를 올려야 한다고 말씀하셨다. 신들의 축복을 받은 자만이 조겟춤을 잘 출 수 있었다. 조겟춤의 무희는 단 한 방울의 땀으로 무대를 산산조각 낼 만한 힘을 가지고 있어야 했다.

"발리 여성이란 말이다, 얘야. 한숨을 쉬는 일에 익숙하지 않은 여성들이란다. 그녀들은 불평하고 한숨을 쉬기보단 차라리 땀을 흘리길 선택하지. 오직 땀을 흘리는 일로 그녀들이 살아가고 있으며 또 그렇게 살아가야 한다고 생각한단다. 그녀들의 땀은 불이란다. 그 불로 인해 계속해서 부엌에서 연기가 나올 수 있는 거야. 발리 여성들은 자신들이 낳은 아이에게만 젖을 물리는 게 아니란다. 그녀들은 남자에게도 젖을 물리고 이 삶에도 젖을 물리지."

스까르는 엄마의 이 말을 너무나도 잘 기억했다. 그리고 지금 마을 사람들에게 자신이야말로 신들의 축복을 받은 유일한 조겟 춤의 프리마돈나라는 것을 증명해 보이고 싶었다. 스까르는 비록 춤 선생님만큼 하얀 피부를 가지지는 못했어도 자신의 몸이 아름답다는 것을 잘 알고 있었다.

"난 무희가 되고 싶어, 껜뗀."

어느 날인가 스까르는 둘도 없는 친구 껜뗀에게 진지하게 말했다.

"꿈일 뿐이야."

껜뗀은 스까르의 말을 일축했다.

"꿈이라고? 그걸 말이라고 하는 거야?"

"제발, 자신이 누구인지 깨달아라, 스까르."

"반역자의 딸은 무희가 될 꿈도 꿔서는 안 된다는 말이니?"

"난 이런 문제로 너랑 옥신각신하기 싫어. 난 이해가 가질 않아."

"넌 이해가 안가는 게 아냐. 겁을 내는 거라고."

"됐어. 그 문제에 대해선 그만 얘기하자. 너도 알다시피 마을
아이들 중에 유일하게 나만이 네 친구라고. 제발 투덜거리는 것
좀 그만해. 넌 그나마 사원에 가서 기도할 수 있는 걸 감사하게
생각해야 해. 마을 사람들이 네게 베풀 수 있는 선행은 딱 거기까
지야."

"사원에 가서 기도할 수 있다는 이유 하나만으로 감사하라는
말이니? 난 네가 어떤 생각을 하는지 알고 싶어. 내 말 하나하나에
꼬투리만 잡지 말고 일단 내가 하는 말을 잘 들어줘. 넌 신들이
있다고 믿니? 신을 믿냐고."

"무슨 질문이 그래?"

"그렇게 샐쭉해지지 말고. 난 네 대답이 듣고 싶어. 그러니
얼른 말해."

"넌 이미 내 대답을 알고 있잖아."

껜뗀은 스까르의 눈을 날카롭게 응시했다.

"그렇다면 신과 마주하는 것에는 어떠한 금기 사항도 없다는
의미잖아. 죄인도 사원에는 올 수 있는 거야, 죄인이 사원에 오는
데 제사장의 허락 같은 건 필요 없다고. 우리 마을 사원에 창녀와
살인자가 찾아온 적이 있었을 수도 있다는 생각을 해본 적 없니?"

"넌 점점 이상해지는구나."

"껜뗀. 진실을 너무 진지하게만 바라볼 필요는 없어. 이 세상

엔 우리가 손으로 만질 수 있는 진실이라는 건 이미 오래전부터 없었다고. 우리가 진실이라고 부르는 것은 그저 이 삶을 더 현실적이고 더 명확하게 마주하게 하는 이상적인 잣대일 뿐이야. 대체 언제부터 이 마을 사람들이 나처럼 재능 있고 예쁜 여자가 춤추는 것을 반대했니?"

"스까르!"

"넌 대답을 못하는 거지. 난 잘 알아."

"말도 안 되는 소리 그만해. 조겟춤의 무희가 되는 것은 신들이 결정하는 거야. 이 마을 사람들이 결정하는 게 아니라고."

"그렇다면 한 여자가 무희가 되는 조건이 뭔데?"

"예뻐야 하고 몸이 아름다워야 한다는 것이지."

"내 몸에 대해서 넌 어떻게 생각하는데?"

"또 시작이구나."

"그건 대답이 아니잖아, 겐뗀. 내가 물은 건 나, 스까르의 몸에 대한 네 생각이라고. 한때 폭동을 일으킨 반란군 주도자의 피가 흐르는 내 몸이 어떠냐고. 이 나라를 배신한 남자의 딸인 내 몸이 어떠냐고. 난 날 낳아준 아버지의 얼굴조차 본 적이 없어. 그 사람이 내 아버지가 되게 해달라고 빌어본 적도 없어. 그런데 그런 내가 사람들의 칭송을 받는 무희가 되겠다는 게 뭐가 잘못이야? 이 마을에서 다 죽어가는 조겟춤을 다시 살리겠다고, 내가. 수많은 조겟춤 그룹들이 있지. 너도 그 그룹들이 모두 대단한 프리마돈나를 가지고 있다는 것을 들어 봤을 거야. 무대 위에서 그 프리마돈나들의 몸은 불이 되어 무대를 활활 타오르게 하지. 난 그런 프리마돈나들을 넘어서고 싶어. 난 할 수 있다고, 껜뗀."

"너무 확신하지 마."

"넌 내 능력을 인정하는 게 두려운 거지, 껜뗀? 난 이 마을 노인들이 내 몸이 무희의 몸이라고 생각하고 있는 걸 잘 알고 있어. 그들은 내가 우리 마을의 명성을 다시 일으킬 사람이라는 걸 모르지 않아. 후에 사람들은 나, 루 스까르로 인해 우리 마을을 알게 될 거야."

"스까르!"

"그렇게 소리 지르지 마."

"날이 갈수록 왜 그렇게 이상해지니."

"내 생각엔 아닌데. 세상 모든 여자들은 꿈을 꿀 권리가 있어."

"그래. 나도 알아. 하지만 넌 꿈을 가려서 꿀 필요가 있어. 그러다가 너는 미치게 될 거야."

"아니. 그리고 너 아직 대답 안 했어. 내가 무희가 될 만하다고 생각해?"

"그래!"

"그렇게 고래고래 소리 지르면서 대답할 것까지는 없잖아."

스까르는 껜뗀의 눈을 깊이 응시했다.

"넌 날 알아주는 유일한 사람이야. 난 널 사랑해, 껜뗀."

"나도 알아."

껜뗀의 목소리가 떨렸다.

마을 사람들은 껜뗀이 무척 고집 센 여자라는 것을 잘 알고 있다. 그리고 껜뗀은 남자 열을 합쳐 놓은 힘을 가지고 있는 여자였다. 껜뗀의 몸은 단단했다. 어느 누구도 껜뗀에게 거친 말을 하거나 대항하지 못했다. 온 마을 사람들이 껜뗀을 경외했다. 껜뗀은 수드라 계층만이 가진 독특한 아름다움을 가지고 있었다. 검은 피부에 눈매는 날카롭고 머리는 매우 길었다. 껜뗀은 긴 머리를 언제나 대충 아무렇게나 틀어 올리고 다녔다. 바로 그게 사람들이 칭송하는 껜뗀의 아름다움이었다. 껜뗀은 정말이지 시골 여자다운 얼굴을 가지고 있었다.

껜뗀과 스까르가 가까운 친구로 지내는 것을 두고 마을 사람들은 늘 쑥덕거렸다.

"저 둘은 서로 사랑하는 사이라고. 아유, 끔찍해. 저들은 과연 어떤 방법으로 육체적인 사랑을 충족할까? 내가 남자랑 하는 일을 쟤들도 할까?"

어느 날 껜뗀이 그 소리를 들었다. 깡마른 마을 여자들이 가게 앞에서 쑥덕거리다가 껜뗀을 보자 조용해졌다. 껜뗀을 두려워하는 눈치였다.

껜뗀은 그저 숨을 내쉬고 스스로에게 질문했다. 자신이 여자의 몸을 볼 때만 마음이 동요된다는 것이 죄일까?

껜뗀에게 있어 여자의 육체는 온 우주이다. 여자의 육체 없이 지구는 영혼을 가질 수 없다. 이 땅에 남자들만 있다면 얼마나 삭막할까.

껜뗀은 자기 몸이 한 여성의 몸으로 갖추어져 나가기 시작한 무렵을 떠올렸다. 자신의 육체가 삶의 숭고한 규범대로 기능하지 못한다는 것을 깨달았을 때, 껜뗀은 너무나 놀랐다. 신에게서 이탈한 것이다. 껜뗀은 덜덜 떨었다. 대체 누구에게 원망을 쏟아내야 하는가.

성인식을 치른 이래로 껜뗀은 자신의 육체가 여자로서 수행해야 하는 독특한 특성이 있다는 것을 깨달았다. 자신의 몸에 나타나는 성징은 여자로서의 역할을 해야 된다는 것을 의미했다. 두 뭉텅이의 젖가슴이 생겨났다. 그 살덩이 때문에 껜뗀은 자유롭지 못했다. 부풀어 오른 젖가슴을 덮기 위해 매일 천으로 가슴을 두르는 일은 여간 귀찮은 것이 아니었다. 게다가 한 달에 한 번 두 다리 사이로 피가 흘러 나왔다. 그 피는 제멋대로 흘러 나왔다. 한 달에 한 번 껜뗀은 그 피를 닦아 내느라 번거로웠다. 땔감을 날라야 할 때면 그런 상황은 너무나 불편하기 그지없었다.

"저 젊은 여자의 몸은 대단하지 않니? 저 힘 좀 봐. 게다가 저 가슴! 땔감을 들어 올릴 때마다 가슴이 아름답게 부풀어 오르잖아! 저 옷 속에 숨겨진 젖가슴은 틀림없이 매우 아름다울 거야. 내가 이제까지 본 여자 중에 정말이지 가장 이상한 여자야. 이상한 여자이긴 하지만, 정말 아름다워. 그런데 저 여자는 왜 저렇게 차가울까…."

껜뗀은 남자들의 잡담을 들으며 잠자코 있었다.

어느 날, 껜뗀은 엄마에게 물었다.

"엄마, 여자가 된다는 건 어떤 느낌이에요?"

"무슨 질문이 그러니, 껜뗀? 이상한 소릴 다 하는구나."

"그게 아니에요. 마을 남자들이 가게 앞에 죽치고 앉아 커피 마시면서 하는 농담을 들으면 화를 참을 수가 없어요. 난 매일 죽도록 일만 하는데 남자들은 의자에 턱 하니 발을 올리고 앉아만 있잖아요. 옷도 제대로 걸치지 않고요. 틀림없이 씻지도 않았을 거예요. 매일 그 남자들이 하루 종일 한다는 것이라곤 잡담뿐이에요. 게다가 침을 질질 흘리며 여자들을 유혹하고요. 전 그 남자들에게 땔감을 팍 던져 버리고 싶은 기분을 겨우 참는다고요."

"애야."

"정말이에요, 엄마. 정말 그러고 싶다고요. 게다가 종종 제 엉덩이를 꼬집는 남자는 아내가 둘이나 있어요. 그 남자는 결혼하는 게 직업인가 봐요. 달리 가족을 부양할 직업도 없으면서. 엄마, 그 남자가 친구들에게 뭐라 말하는지 아세요?"

"뭐라 말하는데?"

"독립적이고 돈을 벌어오는 여자를 찾으래요. 그게 남자가 편안하게 살 수 있는 지름길이라나요. 여자들은 아무것도 요구하지 않는대요. 그저 애정과 관심만 주면 그만이란 말이죠. 그것만 충족되면 잔소리도 안 한대요. 그리고 여자들을 늘 치켜세워주래요. 거짓말은 하면 할수록 좋대요. 여자들은 거짓말을 좋아한다고요. 그게 여자들의 어리석음이래요. 대신 여자들을 대할 때, 노예처럼 헌신하래요. 그럴 때 여자들이 남자들을 존중해준대요. 그래야 아무런 요구 없이 남자들의 시중을 들어준대요. 이게 모두 가게 앞에서 커피 마시는 남자들이 하는 말이에요. 그게 맞는 말이에요, 엄마?"

"엄마는 모르겠다."

"엄마, 엄마는 엄마가 결혼한 남자를 사랑했어요?"

"나도 모르겠다."

껜뗀의 엄마는 딸의 시선을 외면했다.

"거짓말이죠, 엄마."

"정말이야. 엄마는 사랑이 뭔지 모르겠다. 엄마의 친정에서 다 큰 딸을 데리고 사는 걸 창피하게 생각해서 네 아빠랑 결혼을 시켜 버렸단다. 엄마는 그저 누구라도 좋았어. 결혼만 할 수 있다면. 그리고 일 년 후 네가 태어났다."

"그리고 아버지는 떠나버리셨고요?"

"그래. 엄마는 네 아빠가 어디 가버렸는지도 몰라."

"아버지가 그리운 적은 없었어요?"

"그리움? 그게 무슨 의미일까? 내 머리에 있는 건 그저 책임뿐이었어. 널 키울 책임. 그리고 내가 널 사랑한다는 확신을 네게 보여줘야 한다는 책임. 엄마는 널 사랑한다. 너만이 엄마가 살아가는 의지야. 오직 너밖에 없단다. 사람을 사랑한다는 것은 바로 이런 느낌이 아닐까 싶구나. 이게 아마 네가 의미하는 사랑일 테지. 엄마는 잘 모르겠다."

"엄마, 세상 모든 남자들이 커피 가게에 있는 남자들 같을까요?"

"왜 그걸 묻는 게냐? 너 혹시 그 남자들 중에 관심 가는 남자라도 있니?"

"모르겠어요, 엄마."

"애야. 나중에 적당한 남자를 만나게 되거든 꼭 엄마한테 말해야 한다."

"엄마, 왜 그런 말을 해요?"

"엄마는 네가 행복하길 바라. 잘못된 선택을 하지 않았으면 한다."

"전 결혼 같은 건 하지 않을 거예요, 엄마. 남자들이 절 속이는 걸 원하지 않아요. 저는 그처럼 여자에 대해 지껄여대는 남자들을 혐오해요!"

"그게 무슨 말이니? 그런 말을 해서는 못쓴다. 넌 남자들을 존중해야 해."

"엄마, 남자들은 여자들을 존중하지 않는다고요."

"네가 잘못 이해한 거란다."

"아니에요. 매일 내 눈으로 똑똑히 확인한다고요. 해가 떠있는 내내 커피만 마셔대고 닭싸움이나 하고. 밤이 되면 아내에게 밤시중을 들라 하겠죠. 자기 편한 대로만 살아가는 게 남자라고요."

"애야, 그런 거친 말을 하면 못쓴다. 언젠가 넌 틀림없이 한 남자를 사랑하게 될 거야."

"아뇨, 그런 일은 절대 없어요."

"엄마를 두렵게 하는구나."

"왜요?"

"네 말은 마치 삶에 대한 맹세같이 들려."

"맞아요, 엄마. 이건 제 진심이에요. 남자 없이도 잘 살 수 있다는 걸 제가 꼭 증명해 보일 거예요. 제가 지금 하는 말을 증명해 보일 거라고요."

"애야."

"엄마, 두려워하지 마세요. 제가 한 선택에 대한 결과를 잘 알아요."

"난 나중에 네가 낳은 내 손주를 꼭 보고 싶단다."

"꿈도 꾸지 마세요, 엄마. 우린 이미 고통을 받을 만큼 다 받았어요. 삶을 더 힘들게 하지 마세요."

껜뗀은 엄마를 꼬옥 껴안았다. 껜뗀은 자신이 남자 없이도 잘 살 수 있으리라 확신했다. 남자들이 여자들을 보호해 주지 못하는 마당에 대체 왜 남자와 산단 말인가? 껜뗀은 여자들이 대단한 존재라는 것을 믿었다. 남성에 비해 훨씬 복잡하게 구성되어 있는 여성의 육체가 바로 그 증거이다. 여성의 몸 구석구석은 신비한 관능을 제안하고 있다. 그리고 그것들은 서로 다른 가치들을 가지고 있었다.

가게 앞에서 커피를 마시며 남자들이 했던 말은 껜뗀에게 너무나 큰 상처를 안겨 주었다. 여자가 깊은 바다로 실려 나가기 위해 오직 남자의 두 다리 사이에 있는 살덩이를 필요로 한다는 것이 사실일까? 여자들이 남자들의 아기를 낳고 싶어 할 정도로 그 살덩이가 대단하다는 것이 사실일까? 그들의 아기를 낳고 보살피고 키우고 먹이는 것도 모자라 그들의 육체를 만족시켜 주어야 하다니!

남자라는 신의 창조물은 얼마나 운이 좋은지. 매일 뜨거운 아침 태양이 그녀들의 피부를 핥아 먹는 것을 감수하고 여자는 시장에 가야 한다. 살갗은 검게 되고 냄새마저 난다. 그리곤 금세 주름살이 지게 된다. 반면 남자들은 남근이 흐를 수 있는 골짜기를 찾아 새 여자를 선택한다.

"오, 신이시여."

껜뗀은 중얼거리며 긴 숨을 내쉬었다. 자신이 여성에게 매력을 느낀다면 그것은 잘못인가? 수치스러운 일인가? 왜 신은 여자가 같은 여자를 사랑할 기회를 주시지 않는 걸까? 신이 노여워한다면, 왜 그녀라고 노여워할 수 없는 것인가?

껜뗀은 사회적 규범에서 이탈하는 것이 얼마나 힘든 것인지 잘 알고 있었다. 너무나도 잘 알고 있었다. 껜뗀은 자신의 감정을 오직 자신을 위해서만 간직하고 싶었다. 그러나 껜뗀은 살면서 끊임없이 삶과 그에 대한 대화를 하게 될 것을 알고 있었다.

껜뗀은 다른 사람들이 자신과 스까르의 관계에 대해서 떠들어 대기 시작한다는 것을 잘 알고 있었다. 왜인지 그 이유는 모르겠지만, 껜뗀에게 있어 스까르는 너무나 특별한 아름다움을 가진 여성으로 느껴졌다. 껜뗀은 남녀 몸의 은밀한 구석들이 서로 닿았을 때의 그 황홀함을 아직 느껴보지 못했다. 껜뗀의 몸은 오직 스까르의 살과 맞닿았을 때만 촉촉해졌다. 스까르의 몸에서 나는 향기를 맡을 때면 그녀를 보호해 주고 싶은 욕구가 강하게 터져 나왔다. 다른 사람들이 스까르를 훔쳐보는 것이 참을 수 없게 싫었다. 질투가 나고 화가 치밀어 올랐다. 껜뗀은 소리치고 싶었다.

"내 연인의 몸을 쳐다보지 마. 스까르는 내 거라고!"

껜뗀은 그렇게 소리치고 싶었지만 용기가 나지 않았다. 무엇보다 스까르가 놀랄까 봐 두려웠다. 스까르는 틀림없이 껜뗀의 마음속에서 무엇이 소용돌이치고 있는지 눈치채지도 못하고 있을 것이다. 껜뗀의 온몸을 칼로 찔러대는 듯한 고통을 스까르가 알 턱이 없었다.

어느 날, 스까르가 한밤중에 껜뗀의 집을 찾아왔다. 스까르의 얼굴은 촉촉했다. 스까르는 자신보다 무려 다섯 살이나 더 나이가 많은 껜뗀의 몸을 와락 껴안았다. 그러고 나서 실컷 울었다.

"나 오늘 너랑 잘래, 껜뗀. 나 너무 불안해."

스까르는 흐느끼며 말했다. 머리를 껜뗀의 어깨 위로 떨구었다.

"난 절대 포기하지 않겠어. 난 반드시 조겟춤의 무희가 되고 말테야. 껜뗀, 난 그 춤의 의상을 입고 싶어. 그 옷이 너무나 예뻐. 머리를 틀어 올리고, 전통문양의 천을 두르고, 어깨끈을 매고 싶어. 난 무희의 올린 머리가 정말 좋아. 게다가 그 올린 머리를 장식하는 쯤빠까 꽃이란···. 그 꽃은 영원히 시들지 않을 것 같아. 껜뗀, 난 조겟춤을 어떤 스타일로도 자유롭게 출 수 있어. 난 춤을 추는 내 모습을 바라보는 모든 시선을 불태울 거야. 네 생각엔 내 욕심이 너무 과한 것 같니?"

"아니."

"그러면 왜 조겟춤의 그룹장 어르신이 내가 지나갈 때마다 몸을 피하면서 눈을 질끈 감으시는 걸까?"

"네가 참아."

"난 그런 대우를 용납하지 못하겠어. 그건 모욕이야, 껜뗀. 후에 내 꿈을 방해한 모든 사람들에게 꼭 되갚아 줄 거야. 내 꿈은 나만의 것이라고!"

"스까르!"

"네 앞에서 울다니 너무 창피해. 창피하단 말이야."

스까르의 말투는 거칠었다. 껜뗀은 스까르의 눈을 날카롭게 응시했다. 이 여자는 이 마을에서 가장 아름다운 여자다. 스까르는 아름다운 몸만을 소유한 것이 아니라 꼭 자신과 같은 야망 또한 소유하고 있었다. 운명에 싸워 이기고 싶은 야망. 스까르에 대한 껜뗀의 사랑은 점점 커져갔다. 스까르를 소유할 수 있을까? 스까르의 몸과 맞닿을 때마다 껜뗀은 자신이 뭘 원하는지 너무나 잘 깨닫고 있었다.

껜뗀은 숨을 깊이 내쉬었다. 스까르는 거칠게 눈물을 닦았다.

"나 사원에 좀 데려다 줄래?"

스까르는 껜뗀의 손을 꼭 잡으며 애원했다. 가슴에 통증이 느껴졌다. 이 관계에서 대체 누가 누구에게 헌신적이란 말인가. 인간의 역사 속에서 규범조차 존재하지 않는 이러한 관계에서…. 사람들의 말에 따르면 미친 사람들끼리의 관계였다. '내가 미친 걸까? 남자들을 바라볼 때는 아무것도 느끼지 못한다는 이유만으로 나는 미친 걸까? 그래, 미친 것이 분명하다. 나는 치료를 받아야 할지도 모른다. 하지만 대체 진짜로 미친 사람이 누구란 말인가? 나 자신? 아니면 사람들? 사람들은 나의 감정을 이해조차 하려 들지 않는다. 모든 남성들이 스까르를 바라보며 정욕을 불태우는데 왜 나에게는 그러한 일이 허락되지 않는가? 남자들은 눈으로 스까르의 온몸을 핥아 먹는데 내가 스까르의 몸을 만지고 싶어 하는 것이 뭐가 잘못일까? 스까르의 입술을 훔치고 스까르의 벗은 몸이 도대체 어떻게 생겼는지 보고 싶어 하는 것이 잘못이란 말인가?' 껜뗀은 끊임없이 자기 자신과 말하고 있었다. 시선이 흐릿해졌다. 가슴이 답답해졌다.

"너 또 딴생각하는구나. 나 좀 도와줘, 껜뗀…."

스까르는 다시 애원하기 시작했다. 이번에는 껜뗀의 무릎에 고개를 파묻었다.

"이 밤에 사원에는 뭐하려고 간다는 거야?"

"나 기도하고 싶어. 신들께 내가 얼마나 조겟춤의 무희가 되기를 갈망하는지 말씀드리고 싶어. 난 정말로 조겟춤 그룹의 일원이 되고 싶어. 모든 신들에게, 제발 내가 조겟춤의 무희가 되기에 적합한 사람이라고 조겟춤의 그룹장에게 말해달라고 빌고 싶어."

"신들이 네 소원을 들어주시지 않으면 넌 어떻게 할 건데?"

"제발 그렇게 말하지 마."

"네 소원이 이루어지지 않을까 봐 두렵구나?"

"응."

"너도 확신이 안 서는 거지?"

"그런 게 아냐…."

"그럼?"

"잘 들어. 소원을 이루려면 우리는 그걸 간절히 바라고 있다는 것을 스스로 강하게 확신해야만 해. 난 화가 나, 껜뗀. 화가 난다고. 우리 마을 관습장들은 정말 내가 무희가 되는 게 적합하다는 걸 깨닫지 못하는 걸까? 난 모두가 우러러보는 무희가 되기에 적합한 사람이야. 넌 내 소원이 이루어질 거라 확신해야 해. 네가 확신한다면 신들은 틀림없이 우리 편이 되어 주실 거라고. 자, 껜뗀, 집중하자. 제발 날 위해서. 난 이렇게 휩쓸려 사는 것에 지쳤어. 난 우리 가족이 이 마을에서 당당히 설 자리 하나 없는 것을 보고 있는 게 지겹다고. 사람들의 경멸도 진저리가 나. 나 같은 사람이 되는 게 얼마나 가슴 아픈 일인지 넌 모를 거야. 난 제 일인자가 되겠어. 모든 사람들을 위한 결정을 내릴 수 있는 권력을 가진 여성이 될 테야. 자, 껜뗀. 가자!"

스까르는 껜뗀의 눈을 바라보았다.

"너 정말 이 밤에 사원에 갈 용기가 있는 거니?"

"너와 함께라면."

"길에서 사람들을 마주치게 될까 봐 두렵지 않아?"

"왜?"

"누가 알아, 사람들이 우리가 둘이서 야밤에 흑마술을 하려 한다고 말할지. 그게 두렵지 않아?"

"전혀!"

"정말? 확신해?"

"응. 자, 어서 옷 갈아입어. 난 벌써 기도할 준비가 됐어. 지금 사원에 가야 내일 새벽에 집에 올 수 있다고."

"스까르. 넌 원하는 게 있으면 조금도 굽힐 줄을 모르는구나."

"모두 우리의 미래를 위해서야, 껜뗀."

"그래, 나도 알아."

스까르의 진심은 껜뗀을 감동시켰다.

"이 애는 정말 다른 세상에서 온 사람 같아."

껜뗀은 혼자 중얼거렸다.

***

모든 신들과 마을의 조상들이 스까르의 소원을 들어 주었다.

"난 신께 감사해. 사원의 신께 큰 빚을 졌어."

"넌 또 다른 소원을 가지게 될 테지."

껜뗀은 곱지 않은 시선으로 앞에 있는 스까르를 쳐다보았다.

"맞아. 나는 이제 세상에서 가장 아름다운 프리마돈나가 되고 싶어. 내 공연을 보기 위해 온 모든 남자들의 시선을 사로잡는 무희 말이야. 네 생각에 내가 할 수 있을 거 같니?"

"넌 꿈도 참 많구나."

"꿈이 아냐."

"그럼 네가 바라는 그 모든 소원들을 뭐라 불러야 하겠니? 조겟춤의 무희가 되길 원해서 됐잖아. 스타가 되고 싶대서 됐잖아. 이제 또 뭐?"

"가장 아름다운 무희가 되겠어."

스까르는 껜뗀의 눈을 날카롭게 응시했다. 처음으로 이 두 여자는 서로의 내면까지 깊이 바라보았다. 껜뗀의 가슴에는 사랑이 넘쳐나고 있었으며, 스까르의 가슴에는 날이 가면 갈수록 커지는 야망이 넘쳐나고 있었다.

"너 왜 아무 말 없는 거니?"

스까르는 껜뗀에게 무희 의상을 벗는 걸 도와주길 바라는 시선을 던지며 말했다.

껜뗀의 손은 떨리고 있었다. 스까르의 나체를 난생처음 보게 되는 것이었다.

'오, 신이시여. 대체 얼마나 많은 시간 동안 제가 이 꿈을 가슴에 품고 있었는지요. 신이시여. 제 목숨을 앗아갈 정도로 아름다운 이 여자의 몸에 제 손이 닿을 때 제발 떨지 않게 해주소서.'

껜뗀은 두 눈을 꼭 감았다. 스까르가 자신의 눈에 가득 찬 눈물을 볼까 봐 두려웠다.

'오… 신이시여. 제 몸이 터질 것 같아요. 도와주세요, 제
발….'

스까르의 몸을 감쌌던 천들이 한 장 한 장 바닥에 떨어지자
껜뗀은 눈을 꼭 감았다. 스까르는 화장을 지우지 않고 올린 머리
를 그대로 둔 채 뒤로 돌았다.

스까르는 꼿꼿하게 서 있었다. 오직 희미한 촛불만이 스까르
의 몸을 비추고 있었다. 바람이 불어와 촛불을 흔들어 대자 분위
기는 더 불안해졌다. 스까르의 옷을 벗기는 껜뗀의 손이 벌벌
떨리고 있었다.

"나 예쁘니?"

스까르는 껜뗀의 고개를 들어 올렸다. 그러나 껜뗀은 고개를
숙였다. 스까르가 자신의 비밀을 알아챌까 두려웠다.

"너 무슨 일 있니? 왜 내 몸에 대해 아무 말도 하지 않는 거야?
창피해? 난 네가 내 진실한 친구이길 원해. 질투어린 시선으로
날 바라보는 다른 여자들과는 다르길 바란다고. 널 알게 된 이래
로 난 널 남다르게 생각했어. 넌 내 삶의 일부야. 후에 내가 바라는
모든 것이 이루어졌을 때, 난 네가 나와 함께 있었으면 좋겠어.
우린 영원히 친구야. 항상 함께 있어야 해. 난 저 밖에 있는 여자들
을 혐오해. 그들은 날 비웃을 뿐이야. 하지만 난 그들이 나와 경쟁
하는 걸 두려워하는 겁쟁이들이라는 걸 잘 알아. 난 내 저주 받은
운명과 맞서겠어. 난 내 운명과 싸워 이길 테야. 내게 있어 삶이란

끝나지 않는 싸움이야. 내가 살아 있는 동안은 절대 끝나지 않을 걸. 난 반드시 이기고 말겠어. 내가 이 삶과 싸워 이기기 전까지 난 절대 죽지 않을 거야. 자, 지금 이 순간 내가 너에게서 바라는 건 오직 한 가지야. 내 몸을 평가해줘, 껜뗀. 네 진심이 정말 그렇다면 마구 험담을 해도 좋아. 그렇게 말없이 고개만 숙이고 있지 말고, 자. 이제 말해봐."

스까르는 날카롭게 말했다. 스까르의 몸에는 실오라기 하나 걸친 것이 없었다. 껜뗀은 전율했다.

"신이시여. 전 절대 할 수 없어요. 절대!"

껜뗀은 중얼거렸다. 딱딱하게 굳은 얼굴 위로 눈물이 흘렀다.

"오, 하느님 맙소사. 너 우는 거니? 나 때문에? 내 말 때문에?"

스까르는 외쳤다.

"아냐. 네 잘못이 아냐, 스까르."

"근데 왜 우는 거야? 너 이런 적이 없었잖아. 무슨 일이야?"

"아냐. 아무것도 아니야."

껜뗀은 숨을 깊이 내쉬었다.

"어서 옷 입어!"

껜뗀의 말은 마치 명령과도 같았다.

"싫어!"

"사람들이 보면 어쩌려고 그래, 스까르!"

"보라지. 내 몸이 어떻게 생겼는지 보라지."

"그러지 마."

"싫어. 네가 내 질문에 답하기 전까지 난 옷을 입지 않을 테야."

"너 자꾸 애처럼 굴래?"

"내버려둬"

"스까르!"

"화를 내든지 맘대로 해. 난 옷 안 입을 테니까!"

스까르는 나체의 몸을 꼿꼿이 세우며 껜뗀의 눈을 쳐다보았다. 껜뗀은 숨을 내쉬었다.

"네 앞에서 춤을 추겠어. 춤을 추는 게 네가 내 몸을 평가하는데 도움이 될지도 모르잖아."

"그러지 마. 제발 그러지 마."

"왜?"

"말로는 설명할 수 없어. 그러니 제발, 스까르…."

"말로 설명할 수 없는 감정이 있다는 건 안 믿어. 그건 거짓말이야."

스까르가 소리 질렀다.

"스까르. 제발 다른 사람의 감정에 마음으로 귀 기울이는 법을 좀 배워."

"싫어. 난 춤을 출 테야. 네 앞에서 레공 *끄라똔*[5]춤을 추겠어.

· ·
5. 레공(Legong)춤 또는 레공 끄라똔(Legong Kraton)춤은 발리춤들 중에서 가장 우아한 춤이며 송켓의 화려한 의상을 입은 소녀들이 가믈란(Gamelan)에 맞춰 서 춤추는 발리 무용의 대명사라고 할 수 있다. 레공춤은 섬세하며 우아한 여자의 춤이다. '레(Le)'는 '아름답다, 예쁘다, 우아하다'라는 의미이며 이는

이 춤은 정말 정교하고 매력적인 동작을 해야 하거든. 그러면 넌 내 몸을 잘 감상할 수 있을 거야. 이건 무희들에게는 기본인 춤이라고." 스까르는 부채를 들어 올리곤 양팔을 위로 치켜들었다. 스까르의 열 손가락이 벌어졌다. 촛불로 인해 스까르의 손가락이 황금색으로 보였다. 스까르는 정말이지 아름다웠다. 껜뗀은 스까르의 몸 구석구석을 대담하게 바라보았다.

그러면서 여러 번 숨을 내쉬었다. 스까르의 나체를 보게 해 달라는 자신의 소원이 정말로 이루어질 것이라 생각하지 못했다.

스까르는 계속해서 몸을 움직였다. 땀방울이 목덜미와 가슴에 송골송골 맺혀 있었다. 예전에 껜뗀이 혐오하던 여자의 젖가슴이 이토록 매력적으로 보일 줄이야…. 스까르의 두 젖가슴을 힘껏 붙잡고 매달리고 싶었다. 껜뗀은 점점 더 커져가는 욕망을 진정시키느라 말이 없었다. 껜뗀은 알고 있었다, 스까르의 두 다리 사이에는 강이 있다는 것을. 그리고 그 강이 자신의 몸속을 천천히 적시며 자신을 점점 더 불안하게 만들 것 또한 알고 있었다. 껜뗀은 더 이상 참을 수가 없었다. 껜뗀은 스까르의 몸을 와락 껴안았다. 껜뗀의 숨소리는 매우 거칠었다.

"다신 내 앞에서 이런 짓을 하지 말아줘, 스까르. 다신 하지 마. 네가 날 친구로 생각한다면 넌 이 부탁을 꼭 들어줘야 해."

••

무용의 움직임을 표현하고 있다. 반면 '공(Gong)'은 가믈란을 칭한다. 예전에는 레공 끄라똔춤은 왕가에 의해 애호되어 궁정 내에서만 행해졌다.

껜뗀의 목소리는 머뭇거리듯 들렸다. 스까르는 깔깔 웃으며 껜뗀의 포옹을 더 세게 끌어당겼다.

"자, 말해봐. 내가 세상에서 가장 아름답지?"

"옷이나 입어."

"난…."

스까르는 항의하려 했으나 껜뗀이 손가락으로 스까르의 입을 막았다.

"네가 옷을 입지 않으면 난 대답하지 않겠어!"

껜뗀의 목소리는 사뭇 진지하게 들렸다. 스까르는 옷을 집어 들고 올린 머리를 풀었다.

"자, 입었어. 이제 말해."

"넌 조겟춤의 스타야, 스까르. 넌 예뻐. 단지 종종 네 눈은 생기가 없어 보여. 춤을 출 때 마치 네가 세상에 존재하지 않는 것처럼 느껴져. 그게 너의 부족한 점 전부야."

껜뗀의 목소리는 들릴 듯 말 듯했다.

"정말이야, 껜뗀? 내가 정말 예뻐? 이제까지 난 삶을 저주하며 살았어. 늘 운명 때문에 고민하고 내 삶을 이렇게 망쳐버린 아버지만 저주했단 말이야."

스까르는 중얼거렸다. 자신 안에 그처럼 날카로운 상처를 심어준 아버지를 떠올렸다. 아버지란 남자는 집안의 네 여자가 자신의 삶을 선택할 수 있는 기회조차 주지 않았다. 아버지의 행동은 스까르와 두 여동생, 그리고 엄마의 미래를 망쳐버렸다. 아버지가 그 사건에 연루되지만 않았어도, 마을 사람들이 스까르의 온 가족을 그처럼 벌주지는 않았을 것이다. 최소한 스까르의 엄마, 루달렘이 눈까지 멀게 되지는 않았을 것이다.

스까르가 아홉 살이 되었을 때였다. 집안의 생계는 아무런 능력도 재주도 없는 엄마 차지였다. 엄마가 할 수 있는 일이라곤 밭을 가꾸고 돼지를 치는 일뿐이었다.

그러던 어느 날 학교 시험 때문에 스까르는 엄마를 따라 시장에 돼지를 팔러 갈 수가 없었다. 다음 학년으로 올라가고 싶었기 때문에 하루 종일 공부를 해야 했다. 스까르는 좋은 점수를 받고 싶었다. 교장 선생님은 최고점을 받은 학생에게 교과서를 공짜로 주고 학교에 다니는 동안 학비가 올라도 지금의 학비만 낼 수 있도록 해주겠다고 약속하셨다.

"공부 열심히 하렴, 애야. 엄마는 혼자 가도 아무렇지 않아. 집 대문을 꼭 잠가야 한다. 알았지?"

스까르는 고개를 끄떡였다.

그때의 순진한 엄마 미소가 아직도 스까르의 기억 속에 남아 있었다. 스까르는 집을 나서며 엄마가 큰 소리로 말했던 것도 잘 기억하고 있었다.

"엄마가 올 때 학교에 입고 갈 새 옷 사올게. 신발도 젤로 좋은 것으로 사올게. 너도 갖고 싶지?"

엄마는 큰 소리로 말씀하셨다. 스까르는 고개를 끄떡이곤 대문을 꼭 닫았다.

***

새 옷도, 새 신발도, 사탕도 없었다. 돼지를 판 돈도 없었다. 스까르는 마을 사람들이 엄마를 들쳐 업고 오는 것을 보았다. 엄마 몸에는 피가 흥건했다. 스까르는 절규했다.

스까르가 세상에서 가장 사랑하는 엄마는 거의 일주일 동안 몸을 움직이지 못했다. 사람들 말로는 엄마가 길에서 강도를 만났다고 한다.

"오… 신이시여…. 우리 아버지가 대체 무슨 죄를 지었기에 우리 집에 고통의 씨가 마를 날이 없는 건가요? 늘 돈이 없어 굶주리고, 사람들에게 모욕당하고, 이제 엄마는 맹인까지 되었어요."

스까르는 마음속으로 가족의 운명을 저주했다.

스까르는 대나무 침대에 누워 있는 나약한 엄마의 볼을 매만졌다. 모녀는 서로 어떤 말도 할 수 없었다. 스까르와 엄마 눈에서는 눈물만 흘러내렸다. 아주 어렸을 때부터 스까르는 세상에서 가장 사랑하는 엄마의 어깨에 짐 지어 있는 고통만을 보며 자랐다.

두 눈이 칼에 찔린 채 길에서 발견된 이래로 스까르의 엄마는 거의 집에서 혼자 지냈다. 시장에 가는 일은 스까르의 몫이 되었다. 꿀꿀거리며 시장에 내다 팔 돼지를 질질 끌고 갔다. 시장 사람들로부터 엄마가 당한 일을 자세히 듣게 되었다. 엄마는 길에서 만난 강도들에게 강간을 당했다. 그래서 엄마가 옷이 벗겨진 상태로 길에서 발견되었던 것이다. 사람들 말에 의하면 엄마는 세명 이상의 남자들에게 강간을 당했다고 한다. 스까르는 그 얘기를 듣고 소름이 끼쳤다. 시장 사람들이 동정어린 시선으로 자신을 바라보자 스까르의 마음이 조금 누그러졌다. 다른 사람들이라면 사람들이 동정어린 시선으로 바라볼 때 마음이 상할 테지만, 스까르는 아니었다. 스까르는 그런 상황을 오히려 이용했다.

"애야, 밥은 먹고 다니는 게냐?"

시장의 과일 장수 아주머니가 물었다. 스까르는 이마에 흐르는 땀을 연신 닦아대며 말없이 아주머니를 쳐다보았다. 그러면 그 아주머니는 안쓰러워 어쩌지 못하고 팔고 있던 과일뿐만 아니라 돈까지 손에 쥐어 주었다.

스까르는 연약한 몸으로 한 광주리 가득 과일을 지고 집으로 돌아왔다. 광주리는 살락, 귤, 바나나, 사과 등 여러 종류의 과일들로 가득했다. 집으로 돌아오며 스까르는 속으로 과일 장수 아주머니의 멍청함을 비웃었다. 만일 시장의 장사꾼들이 스까르가 매일 고통스런 표정을 짓는 연습을 한다는 것을 알게 되면 어떤 표정을 지을까? 고통을 내색하는 연습의 결과는 실로 대단했다. 쌀을 사고도 남았으며 집안에 필요한 물품뿐 아니라 심지어 제사를 지내기에도 충분했다.

문제는 엄마였다. 스까르가 과일로 가득한 광주리며 쌀과 건어물을 들고 집에 돌아오면 엄마는 항상 스까르를 꾸짖었다.

"사람들에게 구걸한 게냐?"

엄마는 쓸쓸한 표정으로 말씀하셨다.

"아니에요, 엄마. 사람들이 그냥 주던걸요. 돈을 내려고 하면 한사코 받지 않아요. 다 엄마 갖다 드리래요."

스까르는 고개를 떨구며 말했다. 두려웠다. 엄마가 거짓말을 알아챌까 봐 두려웠다. 게다가 시장에 팔 돼지를 대신 끌고 가주는 사람이 닭 장수 와얏 란뗀이라는 것을 엄마가 알게 되면 어떻게 될까. 그 늙은이는 돼지를 끌고 가는 정말 힘든 일을 대신해주곤 했다. 스까르는 힘들게 돼지를 끌고 갈 필요가 없었다. 돼지가 끌려가지 않으려 떼를 쓰면 여간 힘든 일이 아니었다. 란뗀이 그 수고를 해주는 것이 얼마나 다행스런 일인지 모른다.

아마도 서글퍼 보이는 스까르의 표정이 란뗀으로 하여금 스까르를 도와주도록 만들었을 것이다. 결혼 한 번 해보지 못한 그 늙은이는 동정을 느꼈을 것이다. 그러라고 내버려 두라지. 더 많은 사람들이 동정할수록 스까르의 손에서 놀아나는 사람이 많아지는 것이었다. 지금까지 스까르는 마을 사람들로부터 따돌림만 당했으며 마을의 위신을 떨어뜨린 사람 취급을 받았다. 그러나 엄마에게 닥친 불행 이후로 길에서 만나는 거의 모든 사람들이 스까르에게 도움의 손길을 뻗었다. 그게 뭐가 잘못이란 말인가? 세상에 자신의 행복을 얻고자 하는 인생에게 금지될 것이 뭐란 말인가? 스까르는 자신과 같은 사람에게 행복이란 것이 얼마나 값비싼 것인지를 잘 알고 있었다. 하늘의 별따기처럼 어려운 것이고 그나마 행복이 오는 것도 가뭄에 콩 나듯 하는 것이었다. 그런 행복이 자신에게 찾아왔을 때 맘껏 이용하는 것이 무슨 죄란 말인가?

스까르는 마을 사람들이 사람이라면 누구나 가지고 있는 동정심을 느낄 수 있도록 기회를 제공할 뿐이었다. 마을 사람들은 스까르의 엄마가 당한 일에 대해서 이야기하고 또 이야기했다. 아마도 사람들에게 있어 스까르 가족이 당한 일만큼 끔찍한 사건은 없는 모양이었다. 엄마가 임신을 하게 되자 마을 사람들의 이야깃거리는 더 늘어났다. 엄마는 아버지가 누군지도 확실치 않은 아이를 밴 것이다. 스까르는 엄마가 성분도 모르는 약을 먹으며 토해대는 것을 여러 번 봐야 했다.

"익지 않은 파인애플 좀 사다 주겠니. 열 개 사 오거라."

엄마의 목소리는 분노가 가득했다. 엄마의 몸은 점점 야위어 갔다. 익지도 않은 파인애플로 대체 엄마는 뭘 하려는 걸까. 엄마는 밥도 먹지 않고 매일 파인애플만 먹었다. 시장 사람들 말이 아니었다면 스까르는 엄마가 뱃속의 아이를 유산시키기 위해서 익지 않은 파인애플만을 먹어댄다는 것을 몰랐을 것이다. 스까르는 엄마가 그런 일을 하도록 내버려 둘 수 없었다. 뱃속에 있는 동생을 그런 식으로 죽이려 한다니, 엄마가 하려는 일이 얼마나 나쁜 짓인가. 그때 스까르는 열 살이었다.

족자에 있는 산파학교를 갓 졸업한 산파 덕분에 엄마는 유산시키려는 데 쏟던 노력을 그만두었다. 산파는 그렇게 아기를 강제로 유산시키려 들다가는 오히려 엄마가 죽을 수 있다고 말했다. 산파는 만일 그러다가 죽으면 스까르가 어떻게 될지를 엄마에게 상기시켰다. 산파는 엄마에게 동정심을 느낀 듯했다. 엄마의 몸을 봐 준 후 돈을 주려 해도 한사코 받지 않았다. 그리고 엄마가 아기를 낳는 것도 돈을 받지 않고 도와주었다.

엄마는 쌍둥이를 낳았다. 엄마의 해산을 도와준 산파는 쌍둥이에게 꺼르띠, 꺼르따라는 이름을 지어 주었다. 스까르는 그 쌍둥이 동생들이 너무나 귀여웠다. 처음에는 좋아하지 않던 엄마도 쌍둥이들의 재롱을 보며 마음이 누그러졌다. 엄마도 그 쌍둥이들을 사랑하게 된 것이다. 그러나 자라면서 꺼르띠와 꺼르따의 행실은 도가 지나쳤다. 게다가 자신들의 출생을 엄마가 원하지 않았다는 것을 알게 된 후 점점 더 삐뚤어졌다. 스까르를 괴롭히는 동생들의 행동은 가지가지였다. 스까르의 장신구며 옷들을 훔치곤 했다. 스까르는 엄마가 안쓰러워 소란을 피우고 싶지 않았다. 그러나 엄마는 스까르의 그런 마음을 잘 알고 있었다.

"네 동생들이 널 너무 힘들게 하지?" 어느 날 밤 엄마가 스까르 방에 와서 말씀하셨다. 엄마의 목소리는 연민이 가득했다.

"아니에요, 엄마. 그런 일들은 전혀 없어요. 정말이에요, 엄마." 스까르는 엄마를 꼭 껴안았다.

이제 철이 들고 보니 엄마가 왜 동생들을 낳지 않으려 했는지 이해가 되었다. 엄마 말에 따르면 동생들에게는 나쁜 피가 흐르고 있다고 했다. 엄마는 동생들을 낳을 계획도 없었으며 원치도 않았다.

두 여동생이 그나마 엄마를 무서워한다는 게 천만다행이었다. 그게 아니라면 여동생들은 집 안의 물건들을 다 부수고도 남았을 것이다.

피곤했다. 늘 원하는 대로만 하려 드는 동생들을 다루는 일이 너무나 피곤했다.

스까르는 껜뗀의 말이 생각났다.

"너 몇 살이지?"

"넌 맨날 그걸 묻더라, 껜뗀."

"난 어떻게 네가 그처럼 동안에다 변치 않는 아름다운 얼굴을 갖고 있는지 늘 궁금해. 네 얼굴은 영원히 아름다울 것 같아. 그러니 사람들이 네게 무대에서 춤추자고 끌어내는 것이겠지."

스까르는 대답하고 싶지 않았다. 맹인이 된 엄마가 스까르의 몸에 뭔가를 심어 놓았다. 스까르가 원하는 남자의 마음을 사로잡을 수 있는 뭔가를 말이다. 지금 스까르의 목표는 이다 바구스 응우라 삐다나였다. 그 남자라면 이 지긋지긋한 가난과 고통스러운 삶에서 스까르를 구출해 줄 게 분명했다.

그러나 그 남자의 어머니는 축복해주지 않았다. 그 남자의 어머니가 원한 며느리는 스까르처럼 이름에 '니 루'가 붙여진 수드라 여성이 아니라, 이름 앞에 '이다 아유'가 있는 귀족 여성이었기 때문이다.[6] 스까르는 자신의 꿈을 실현시키기 위해 투쟁해야 했다. 스까르의 엄마는 잘 이해하고 있었다. 엄마는 그에 관해서는 스까르와 어떤 대화도 하지 않았으나 '니 루 스까르'라는 이름을 가진 여성이 어떤 삶의 과정을 거쳐야 하는지 잘 알고 있었다. 엄마는 '스까르'라는 이름이 행운을 가져다 줄 것이라 했다. 꽃의 가치를 아는 여성만이 존경 받는 여성이 될 수 있다. 그래서 엄마는 딸에게 '스까르'라는 이름을 지어 준 것이다. 꽃의 아름다움이 딸의 것이 될 수 있도록.

"'스까르'라는 이름은 '꽃'이라는 뜻이란다. 꽃이라는 이름에 걸맞게 넌 가장 높은 곳에 있어야 하는 거야. 반드시! 내가 널 지지하마. 네게 길을 찾아줄 테다."

***

그것이 뜰라가가 들은 엄마에 대한 이야기이다. 엄마는 자신의 인생을 끌어올리려는 큰 꿈을 가진 여성이었다. 자신의 선택이 늘 옳다는 것을 끊임없이 되새기려 노력하는 여성이었다. 이다 바구스 응우라의 법적인 아내가 된 후 스까르는 친정을 떠나 이제까지의 모든 습관을 버려야 했다. 그뿐만 아니라 이름도 제로

••
6. 발리인들은 카스트 계급에 따라 정해진 칭호를 가진다. 예를 들어 브라만 계급의 남자는 '이다 바구스(Ida Bagus)', 브라만 계급의 여자는 '이다 아유(Ida Ayu)'라는 칭호가 주어진다. 그에 비해 발리인의 대부분을 차지하는 평민계급인 수드라 계급은 이름에 붙이는 칭호를 가지지 않고, 남자는 '이(I~)' 여자는 '니(Ni~)'라고 불린다.

끄냥아[7]로 바꾸어야 했다. 그리고 자신을 키워준 모든 것을 버리고 떠나야 했다. 첫 번째로 짊어져야 했던 고통은 니 루 스까르라는 이름을 버려야 했던 것이다. 제로 *끄냥아*라는 새 이름에 적응해야 했다. 앞으로 자신이 사용하게 될 이름은 제로 *끄냥아*였다. 자신의 삶에 이제는 이것이야말로 새 삶이라고 소개해야 했다. 수드라의 여성, 니 루 스까르는 이제 죽었다. 이제 귀족으로 환생했다. 후에 자신이 죽게 되면 자신의 영혼은 귀족의 몸에서 다시 태어나게 될 것이다.

그리고 스까르는 더 이상 친정의 가족 사원에서 기도할 수가 없었다. 친정 조상에게 제사 음식으로 올린 과일을 먹어서도 안 되었다. 모든 것이 변했다. 친정엄마도 딸인 스까르에게 경어를 사용해야 했다. 엄마의 신분과 스까르의 신분은 이제 달라졌기 때문이었다. 엄마는 스까르를 특별하게 대우해야 했다. 스까르는 이제 동생들과도 같은 신분이 아니었다. 스까르는 친정 식구들과 한 상에서 같이 밥을 먹을 수가 없었다. 모든 것이 변했다. 처음부터 다시 배워야 했다. 이것이 바로 루 스까르라는 이름을 가졌던 한 여성이 희생해야 하는 것들이었다. 스까르는 자신을 완전한 여성으로 만들어 준 세계와 이별해야 했다. 그리고 새 세상을 다시 만들어야 했다. 친정에 올 때에도 태도를 바꾸어야 했다.

7. 스까르처럼 수드라 계급의 여성이 브라만 계급의 남자와 결혼할 경우, '제로 (Jero)'라는 이름을 가지게 된다.

친정 식구들은 스까르에게 예의를 갖추어야 했다. 스까르는 너무나 어색했다. 두 동생들은 예전보다도 더 버릇없게 굴었다.

"더 예뻐졌네, 제로. 틀림없이 행복하겠지, 제로?"

꺼르따의 목소리는 조롱에 가까웠다.

"제로, 너무 예뻐졌다. 제로의 남편은 이제 다른 여자들은 쳐다보지도 않고 집에만 붙어 있겠네."

"꺼르띠! 언니한테 그게 무슨 말이냐. 지금 네가 감히 네 언니보다 잘났다는 게냐?"

엄마가 거칠게 말씀하셨다. 그러고는 노여움이 가득 차서 지팡이로 땅을 두드려댔다. 그러자 꺼르띠와 꺼르따는 엄마 쪽으로 조롱의 시선을 던지며 집 안으로 들어가 버렸다. 스까르는 말없이 있었다. 머릿속엔 수만 가지의 생각이 들었다. 동생들은 자신들이 이 힘없는 엄마의 힘겨운 투쟁의 결과로 세상에 태어났다는 것을 알까? 동생들은 자신처럼 이 불쌍한 엄마를 행복하게 해주고 싶은 소망을 갖게 될까? 아니면 자신들의 출생에 대한 좋지 않은 소문들을 어떻게든 더 나아지게 할 생각이나 하는 걸까? 엄마가 자신들을 낳으려고 얼마나 큰 대가를 치러야 했는지 알기나 할까? 동생들의 씨앗이 엄마의 뱃속에 뿌려졌을 때 엄마는 대신 두 눈을 잃어야 했다. 동생들이 과연 그 이야기를 알까? 그들 자신을 도울 사람들이 그들뿐이라는 것을 알까?

스까르의 엄마는 지은 죄도 없이 삶에 대해 값비싼 대가를 치러야 했으며 자신의 짐도 아닌 것을 어깨에 짊어지고 살아왔다.

매번 스까르는 신에게 물었다. 대체 엄마가 지은 죄가 무엇이기에 이토록 고통을 받으며 살아야 하는지를. 그러나 엄마는 항상 단호했다. 운명에 복종했다.

스까르는 긴 숨을 내쉬었다. 가슴이 답답했다. 그리고 가슴이 아파왔다. 자신이 브라만 남성으로부터 청혼을 받았다고 엄마에게 말했을 때가 기억났다.

"넌 더 이상 예전의 '니 루 스까르'가 아니다. 넌 엄마의 미래야. 엄마의 단 하나뿐인 꿈이란다. 네 아버지를 잃은 후로 나는 오직 이 꿈만 가졌단다. 나의 다음 세대는 나보다 훨씬 나은 삶을 살아야 한다는 꿈. 나는 가족 사원에서 네가 너의 카르마로부터 해방되기를 늘 신들께 기도 했단다. 너는 이제 너의 카르마로 새 사람이 되어야만 한다. 그게 엄마의 유일한 바람이야. 엄마가 이제 또 뭘 원하는지 묻지 말거라. 내 바람은 그게 전부란다. 내 말을 잘 들어야 한다, 애야. 넌 더 이상 '니 루 스까르'가 아니야. 널 낳아준 이 엄마를 포함해서 모든 수드라의 여성보다 훨씬 높은 신분이 되었다. 진정한 귀족이 될 수 있도록 무엇이든 배우거라, 스까르. 반드시 자식을 잘 낳아야 한다. 너와 네 남편이 좋은 씨를 뿌릴 확신이 없으면 절대 좋은 자식을 낳을 수가 없어. 이 말을 명심해야 한다, 스까르. 넌 이 엄마를 넘어서야 한다. 넌 모든 수드라 여성들의 본보기가 되어야 한다. 자, 이제 가거라. 울지 마라. 새로운 여성이 되어라. 권력과 자존심과 큰 꿈을 가진 여성이 되어라. 울지 말래도. 난 널 찔찔 짜는 아이로 키우지 않았다!"

엄마의 목소리가 단호하게 들렸다. 이 세상 어떤 것도 엄마의 생각을 바꿀 수 없다는 것을 스까르는 잘 알고 있었다. 엄마는 또한 스스로의 본분을 잘 지키라고 당부했다. 그리고 친정에 자주 오지 말라고 말씀하셨다. 친정에 오는 것이 스까르에게 좋지 않다는 것이었다. 엄마는 이제 딸이 죽은 사람이라고 여기기로 했다고 덧붙였다. 현재 있는 것은 '제로 끄낭아'이다. 완전히 새 사람인 것이다. 지금부터 친정을 책임질 사람은 스까르가 아니었다. 엄마는 이제 곧 엄마 자신에게 닥칠 일을 이미 알고 있는 사람처럼 무덤덤하게 말씀하셨다.

엄마가 스까르에게 준 것은 달랑 비녀 하나가 전부였다. 모양이 이상했으며 매우 뾰족했다. 장식도 매우 구식이었다. 그러나 꽃문양의 조각은 매우 섬세하고 정교했다. 그 비녀를 만지는 순간 스까르는 몸 안에 이상한 전율이 흐르는 것 같았다.

"이게 뭐에요, 엄마? 만지기만 해도 무서워요."

스까르는 몸을 떨었다.

"내가 가진 게 아무것도 없다는 걸 잘 알지 않니. 이게 내가 가진 전부란다."

엄마는 아주 진지한 말투로 주머니를 건넸다.

"자, 이 주머니에 도로 넣어라."

스까르는 일부러 그 구식의 이상하게 생긴 비녀를 주머니에 넣지 않았다. 비녀를 좀 더 자세히 보고 싶었다. 장식이 매우 깔끔했다. 다섯 개의 보석이 박혀 있었다.

"이거 어디에서 났어요, 엄마?"

"묻지 말거라, 그저 보관만 해. 이제 이 신성한 물건의 주인은 너다. 잘 간직하렴. 다른 사람이 만지게 해서는 안 돼. 이 물건이 널 지켜 줄 거다. 후에 다 알게 될 거야."

스까르는 엄마의 눈을 응시했다. 보통 정적이 그들을 휩싸고 있을 때면 엄마는 스까르의 머리를 무릎에 눕히고 사랑이 가득 찬 손길로 딸의 머리를 어루만졌다. 그러나 이번에는 그러지 않았다. 이제는 딸의 머리를 만질 엄두도 내지 못했다. 딸의 신분이 훨씬 높아졌기 때문이다. 스까르는 이제 자신의 곁에 아무도 없음을 느꼈다. 가족도, 엄마도 이제는 없었다. 엄마는 이제 변해버렸다. 말로는 표현할 수 없는 거리가 엄마와 자신 사이에 생겨 버렸다. 신이시여, 엄마야말로 예전엔 브라만의 남자를 가족의 일원으로 맞이하길 바라지 않았던가요? 엄마가 바로 가족의 인생을 끌어올리기 위해선 반드시 귀족 남자와 결혼을 해야 한다는 확신을 심어 주지 않았었나요? 물론 스까르는 그것을 잘 인식하고 있었다. 어렸을 때부터 브라만의 남성과 결혼하고 싶었다. 자신의 가족을 다시 일으켜 세우고 싶었다. 사람들로부터 존경 받는 가문을 만들고 싶었다.

결혼 첫 해에 실업자였던 두 동생이 직업을 가지게 되어 가정의 형편이 훨씬 좋아졌다. 가족을 얕잡아 보던 마을 사람들의 시선도 변하기 시작했다.

그러나 안타깝게도 스까르는 그 모든 변화에 대한 대가가 그렇게도 값비쌀 줄을 생각도 하지 못했다. 스까르는 힘든 시어머니와 매일 마주해야 했다. 스까르가 친정에 갔다 오면 시어머니는 불같이 화를 내셨다.

"내 손주를 네 친정에 데려가지 말거라. 내 손주는 브라만 계급이야. 수드라 계급이 아니란 말이다. 널 어쩌면 좋으냐. 그렇게 친정에 내 손주를 데리고 가면 아이들이 귀족의 햇살을 받지 못하게 된다, 꾸낭아!"

시어머니의 목소리는 벼락과도 같았다. 스까르는 아무 말도 할 수가 없었다.

친정에서 스까르는 순수 귀족 혈통처럼 처신해야 했다. 친정 식구들이 제멋대로 행동한다면 큰일이 날 것이기 때문이다. 반면 시댁에서 스까르는 여전히 수드라 여성의 취급을 당했다. 스까르는 사원의 모든 사람들에게 존칭어를 사용해야 했다. 자신이 낳은 아이와 물 한잔도 함께 마셔서는 안 되었다. 자신이 먹던 것을 아이에게 주어서도 안 되었다. 뜰라가가 자신에게 이런 질문을 했던 기억이 났다.

"엄마, 엄마의 이름 앞에는 왜 이다 바구스라는 말이 없어요? 엄마의 이름 앞에 있는 제로가 무슨 뜻이에요?"

"엄마는 귀족 태생이 아니란다. 그저 평민이야. 엄마의 몸속에는 귀족의 피가 흐르고 있지 않단다. 엄마처럼 평민 태생이 귀족 사원의 일원이 되려면 이름을 바꾸어야 한다. 제로 꾸낭아는 엄마의 새 이름이야. 엄마처럼 수드라의 여성이 귀족과 결혼하게 되면

66

이름을 바꿔야 하거든. 그럴 경우 귀족 사원 사람들은 좋은 이름을 지어 준다. 주로 꽃의 이름을 붙여주지. 보통 그런 이름들은 함축적인 의미를 가지고 있어."

스까르는 조심스러운 목소리로 말했다.

"그럼 '끄낭아'의 의미는 뭔데요?"

크고 동그란 눈을 가진 예쁜 엄마는 대답하지 않았다. 늘 뜰라가를 감탄하게 만드는 엄마가 이 질문에 대답을 한 적은 한 번도 없었다. 후에 뜰라가가 성인이 되었을 때 비로소 할머니가 그 이름의 의미를 설명해 주셨다.

***

'제로'는 수드라 계급의 여성이 귀족 사원의 일원이 되었을 때 붙여지는 이름이다. 반면 '끄낭아'는 시간이 갈수록 향기가 짙어지는 꽃의 이름이다. 뜰라가는 그 꽃잎에서 나는 냄새를 좋아했다. 이상한 냄새였다. 귀족 사원의 사람들이 붙여준 그 이름은 엄마에게 꼭 맞는 이름이었다. 뜰라가는 엄마의 새 이름이 엄마가 짊어져야 하는 삶의 무게와 잘 어울린다고 생각했다. 엄마가 짊어진 삶의 무게는 시간이 지날수록 무거워져만 갔다. 아버지 문제며, 할머니 문제, 그리고 할아버지의 문제까지. 여성이 된다는 것은 얼마나 힘든 일인가. 여간 고통스러운 일이 아니다.

어느 날 아침, 엄마의 친정에서 사람이 와 외할머니가 강에서 시체로 발견되었다는 소식을 전했다. 그 소식을 듣고 엄마는 소리를 지르며 우셨다. 그때 고통에 가득 찬 엄마의 얼굴을 뜰라가는 생생히 기억하고 있었다. 그리고 할머니의 욕설도 아주 잘 기억하고 있었다. 할머니 말씀에 따르면 엄마가 그런 행동을 해서는 안 되었다. 귀족 여성은 반드시 감정을 절제할 줄 알아야 한다고 말씀하셨다. 어느 상황에서든 위엄과 평온함을 보여야 했다. 그것이 그녀가 남편을 존중하고 있다는 의미라고 했다. 뜰라가는 진정한 귀족의 일원으로 인정받기 위해 엄마가 왜 그렇게 많은 규범들을 배워야 하는지 이해가 되지 않았다. 벌써 이십 년이나 되었는데 엄마가 배워야 할 규범들은 아직도 끝이 없었다. 오히려 정도가 더 심해졌다. 스까르는 자신을 낳아준 엄마의 시신을 만져서도 안 되었다. 그 시신을 목욕시켜서도 그 시신 앞에 절을 해서도 안 되었다. 귀족 사원의 일원으로 스까르는 그저 높은 곳에 앉아 장례식이 끝날 때까지 지켜만 봐야 했다. 뜰라가는 엄마의 가슴에 피가 철철 나고 곪아 가고 있다는 것을 알 수 있었다. 시간이 갈수록 상처의 곰팡이 냄새가 지독해졌다. 뜰라가는 엄마의 상처를 느낄 수가 있었다.

이것이 바로 여자가 된다는 의미일까? 뜰라가는 할머니와 이야기하고 싶었다. 속을 다 털어 놓고 싶었다. 여성이 된다는 것이 무엇인가에 대해 이야기하고 싶었다. 뜰라가는 고귀하고 위엄이 가득 찬 할머니가 분명한 대답을 해주길 원했다. 브라만의 여성이 된다는 것은 어떤 의미인가? 이 하나밖에 없는 손녀딸에 대해

할머니가 가지고 있는 꿈은 대체 뭘까? 뜰라가는 이에 대한 대답을 할머니 입으로 직접 듣고 싶었다. 위엄에 가득 차고 고집스런 얼굴을 가진 할머니로부터 말이다.

할머니는 위엄이란 것이 계속해서 지켜질 때만 귀족 사원 밖의 사람들로부터 존경을 끌어낼 수 있다고 말씀하셨다. 그리고 실제로도 할머니는 위엄을 가지고 가족들을 잘 통제하셨다. 할아버지는 작은 기침 소리만 내실 뿐 할머니의 뜻을 거스르지 않으셨다. 이상하게도 그처럼 할아버지의 트집은 잘 잡는 할머니가 사랑하는 아들의 잘못은 전혀 끄집어내지 못하셨다. 언제나 문제를 일으키는 사람은 아버지였는데도 말이다. 호화스러운 큰 집에 살면서 뜰라가는 늘 적막함을 느끼며 자랐다. 엄마는 거의 말씀이 없으셨다. 커다란 집에서 들리는 소리라고는 할머니의 고함소리와 아버지의 욕지거리뿐이었다. 할아버지는 집 안의 가구보다 못한 존재였다. 뜰라가는 그런 할아버지가 너무나도 미웠다. 할아버지는 늘 침묵을 선택하셨다. 항상 수동적인 태도였다. 담배를 물고 사는 그 시퍼런 입술에서는 어떠한 대항의 말도 없었다.

***

성인식을 치르게 되었을 때 뜰라가는 어린아이의 피부를 벗어 버려야 했다. 자신이 그토록 사랑하던 피부를…. 어렸을 때가 최고로 좋았던 시기였다. 그때는 자유로이 뭐든 원하는 대로 할 수 있었으니까. 이제는 아무리 손을 뻗어보아도 닿지 않는 아름다운 골목이 되어 버렸다. 언제나 뜰라가가 숨을 수 있는 골목이었으며 아무런 잘못도 저지르지 않아도 되었던 골목. 아무리 철없이 굴어도 할머니와 엄마의 꾸지람을 듣지 않던 그곳. 그 세계가 뜰라가에게 큰 힘을 실어주곤 했다.

"여자아이가 그렇게 제멋대로 앉으면 안 된다."

할머니가 뜰라가의 허벅지를 철썩 때리시며 이렇게 말씀하실 때면,

"아직 어린아이잖소. 그런 부담을 안겨 줄 필요까진 없소."

하며 할아버지가 단호하게 말씀하셨다. 그러면 할아버지와 할머니는 평소처럼 서로 잘못을 탓하며 으르렁대셨다. 그때 뜰라가는 원하는 것은 무엇이든 할 수 있어서 좋았다. 망고 나무를 기어오를 수 있었고 원하는 만큼 실컷 놀 수도 있었다. 이따금씩 남자아이와 몸싸움을 할 수도 있었다. 그러나 안타깝게도 그런 시간은 뜰라가에게 길게 허락되지 않았다. 뜰라가는 그 시절을 이제 인생에게 반납해야 했다. 삶에 복종하고 싶지 않았다. 어떻게 하면 신을 속일 수 있을까, 늘 생각했다. 다시 한 번 어린 시절을 신에게서 훔쳐내고 싶었다. 단 하루 이틀만이라도 좋았다. 만일 그럴 기회가 온다면 신이 자신에게서 다시 그 시절을 빼앗아 가지 못하도록 꼭꼭 숨어 버릴 터였다. 그러나 아쉽게도 신은 뜰라가보다 더 큰 힘을 가지고 있었다. 신은 타협의 여지도 없었다. 신이 정해놓은 규칙은 너무나도 견고했다. 그것은 굽혀지지도

않았다.

　이제 뜰라가는 인생에서 가장 어려운 시기로 들어가야만 했다. 남자와 여자 사이의 관계에 그처럼 많고 다양한 질문을 가지게 되는 시기로 말이다. 뜰라가로 하여금 늘 고민하게 만드는 첫 대상은 바로 가족과 남편에 대한 꾼띠[8]의 존경심을 강조하는 이다 바구스 뚜구르 할아버지였다. 뚜구르 할아버지는 늘 꾼띠 이야기를 반복해서 말씀하셨다. 그 이야기를 하실 때면 할아버지의 그 늙은 눈은 텅 비어 있는 듯했고 어떻게든 뜰라가를 이해시키고자 질질 끌고 가려는 눈빛이었다. 또한 그 눈은 너무나 메말라서 뜰라가는 신에게 그 눈에 물 좀 뿌려달라고 기도라도 하고 싶을 지경이었다.

　무슨 삶이 이러할까? 이 집안의 사람들은 하나같이 뜰라가를 빈 공책처럼 여기며 어서 빨리 서둘러서 그 빈 공책에 뭐라도 써야 하는 것처럼 굴었다. 뜰라가는 자신이 원치 않는 대답으로 빈 페이지들이 채워지는 것을 내버려 두어야 했다.

　"넌 이제 다 큰 아가씨야. 제발 엄마 말 좀 들어라."

••
8. 꾼띠(Kunti)는 마하바라타(Mahabarata)의 등장인물로 빤두 데와나따의 두 번째 부인이자, 인도네시아 전통 그림자극인 와양(wayang)의 중요한 주인공 5명, 즉 유디스따라, 비마, 아르주나, 니꾸라, 그리고 사데와의 어머니이다. 꾼띠는 인도네시아 사회에서 여성에게 좋은 본보기로 꼽히는 인물이다. 와양에서 꾼띠는 일생 동안 가족과 남편을 위해 희생하고 헌신한 여성으로 그려지며 따라서 인도네시아 사회에서 이상적인 아내상인 동시에 이상적인 어머니상으로 여겨지고 있다.

어느 날 제로 끄낭아가 뜰라가의 방에 들어 왔다. 엄마의 눈초리는 너무나 날카로워 뜰라가는 소름이 돋았다.

끄낭아가 그처럼 예의를 차려 딸의 방에 들어오는 일은 예사로운 일이 아니었다. 이것을 권위의 영역이라 이름 붙인단 말인가? 이것을 진정한 여성의 영역이라 부른단 말인가?

"엄마 대체 무슨 말씀이 하고 싶으신 거예요?"

"할 말이야 많지. 내 얘기 들을 시간은 있는 게냐?"

뜰라가는 침묵했다. 할머니 다음으로 이 집안에서 뜰라가에게 여성으로서의 태도를 취하도록 가르치는 두 번째 여성의 눈을 바라보았다.

"넌 엄마의 희망이다, 애야. 넌 나중에 반드시 이름 앞에 이다 바구스라는 글자가 붙은 남자와 결혼을 해야 한다. 내 말을 잘 새겨들어라. 이제 넌 더 이상 어린아이가 아니야. 공을 가지고 놀 나이가 아니란다. 브라만 계급의 여성이 되는 법을 배워야 한다. 제사를 올리는 법을 모두 외우고 예식을 어떻게 준비하는지 하나부터 열까지 가슴에 새겨야 한다. 내 말 알겠니?"

엄마의 목소리는 충고라기보다는 강요에 더 가까웠다.

뜰라가는 자신의 몸속에서 벌어지는 일이 너무나도 싫었다. 왜 도대체 성인이 되어야 하는 거지? 뜰라가는 끊임없이 스스로에게 되물었다. 왜 모든 가족을 불러다 놓고 이제 한 여성이 되었음을 증명하는 성인식이라는 것을 해야 하는 걸까?

뜰라가는 숨을 내쉬었다. 할머니가 해주신 충고들을 꼭꼭 숨졌다. 그리고 천천히 고개를 들었다.

"뭔가 말씀하고 싶은 게 있은 모양이네요, 엄마."

"그래."

뜰라가는 엄마 가까이에 앉았다. 바로 코앞에 엄마의 아름다운 얼굴이 있었다.

"넌 이제 진정한 여성이 되었다."

"네. 할머니도 그렇게 말씀하셨어요."

"할머니가 또 뭐라 충고하시던?"

엄마의 말투는 마치 취조와도 같았다. 뜰라가는 아무 말 하지 않았다. 어떤 말도 하고 싶지 않았다. 어렸을 때부터 이 두 여인이 항상 집에서 갈등을 일으켜 왔음을 잘 알고 있었다. 한 명은 언제나 자신의 권력을 휘둘렀으며 나머지 한 명은 늘 침묵을 택했다. 하지만 뜰라가를 여성으로 성장시키는 데 이 두 여인이 서로 다른 장점을 가지고 있었다.

"아뇨. 왜요?" 뜰라가는 엄마의 얼굴을 뚫어지게 바라보며 느긋하게 말했다. 끄낭아는 자신의 딸이 이런 태도로 자신을 바라보는 것이 탐탁지 않았다. 엄마는 긴 숨을 내쉬며 뜰라가의 손을 어루만졌다.

"귀족 여성이 된다는 게 어떤 의미인지 아니?"

"아뇨."

"이제 넌 어린아이가 아니야. 반바지를 입고 다녀서는 안 된다. 외출할 때는 반드시 정장을 하고 깔끔하게 입고 나가렴. 그리고 아무 말이나 하면 안 되는 거야. 귀족 사원의 사람들 앞에서 엄마 체면을 지켜다오. 비록 엄마가 귀족은 아니지만 엄마는 내가 낳은 딸이 다른 누구보다 훨씬 귀족답다고 확신한단다."

"무슨 말씀을 하시는 거예요?"

뜰라가는 엄마의 눈을 진지하게 쳐다봤다.

"너에 대해서 말하는 거야. 엄마는 네가 엄마의 체면 좀 살려 줬으면 좋겠구나. 귀족 사원 사람들에게 네가 어여쁜 아가씨라는 걸 보여주렴."

"무슨 지켜야 할 게 그렇게 많아요, 엄마?"

"지켜야 할 것들이 아냐. 네가 행복해지길 바란다면 반드시 복종해야 하는 선조들의 규범인 게지."

"제가 행복해지길 바란다면 반드시 지금부터 준비해야 하는 거예요?"

뜰라가는 엄마의 눈을 응시했다. 그러자 끄낭아는 자신의 어린 시절과 그때의 야망이 떠올랐다. 이제 그 병이 내 아이의 몸속에 전염되어 흐르고 있구나, 끄낭아는 미소 지었다. 그리고 뜰라가의 손을 꼭 쥐었다.

"그래. 미래를 만들기 위해서 우린 지금부터 준비해야 하는 거야."

"이럴 줄 알았으면 어른이 되지 말걸 그랬어요."

"왜?"

"모든 것이 어렵고 복잡해요."

"그렇게 말해선 안 된다, 얘야."

"해야 할 것도, 하지 말아야 할 것도 많네요, 엄마."

뜰라가는 투덜거리며 베개를 꼭 껴안았다.

"엄마는 진지하게 말하고 있는데 넌 잠을 자려는 게냐?"

"자는 거 아니에요"

"엄마가 말하면 잘 들어라. 사람이 얘길 하고 있는데 그렇게 등을 돌리고 있으면 못써."

뜰라가는 다시 앉았다. 그리곤 엄마의 얼굴을 찬찬히 쳐다보았다.

"왜 말이 없는 게냐? 뭔가 생각하는 게 있는 모양이구나."

"네."

"그게 뭔데?"

"많은 생각이 들어요."

"자, 이리 가까이 오렴."

제로 끄낭아가 애정이 가득한 목소리로 말했다. 뜰라가는 진심 어린 표정으로 엄마를 바라보았다.

"성인 여자가 되는 일은 왜 이렇게 복잡한 거예요, 엄마?"

"누가 그런 말을 하던?"

"제가 하는 말이에요."

"그게 아니란다. 이제 그 길에 들어섰으니 즐기렴. 예전엔 생각지도 못한 많은 일들이 생겨나고 또 그것을 잘 헤쳐 나가야 한다. 여자가 된다는 것은 대단한 일이야. 이제 넌 생리를 하잖니.

그건 네가 진정한 여자가 되었다는 의미란다. 네 몸에 아주 조그
마한 아기가 자란다는 생각을 해본 적 있니? 정말 신비하지 않
니?"

"제 몸에요?"

"그래!"

"정말요, 엄마? 제가 살아있는 인형을 가지게 된다는 거예요?
대단해요!"

"그게 아니란다, 애야. 지금 당장 네가 예쁜 인형들을 만든다
는 게 아냐."

"그럼 언제 만들 수 있어요?"

"엄마 말을 잘 들어라."

엄마의 목소리가 사뭇 진지해졌다. 뜰라가는 엄마의 무릎에
고개를 묻었다. 자신의 몸속에서 자라게 될 예쁜 인형들에 대한
재미있는 이야기를 듣게 되길 바랐다. 엄마 말씀이 맞다. 여자가
된다는 것은 정말이지 대단한 일이다. 여자는 대단한 역할을 가지
고 있다!

"넌 앞으로 계속 성장할 거란다. 인생에서 마주치게 될 경험도
많을 거야. 무엇보다 넌 아주 대단한 사건을 경험하게 될 거란다.
넌 한 사람을 그리워하게 될 거야. 그를 위해서라면 뭐든지 할
수 있게 만드는 남자가 나타날 거야. 너는 그 남자와 함께 예쁜
인형들을 만들게 된단다."

"엄마…."

"엄마는 지금 농담하는 게 아냐. 엄마는 아주 진지하단다. 그러니 잘못된 선택을 해서는 안 된다. 나중에 네가 한 남자를 만나서 그 남자에 대한 생각 말고는 아무것도 할 의욕이 없게 되면 엄마에게 꼭 말해주었으면 좋겠구나."

"그런 여자는 미친 여자예요."

"그런 말을 해서는 안 돼. 그것이 이르게 오든 늦게 오든 나중에 넌 반드시 그런 느낌을 가지게 될 거란다."

"엄마!"

"엄마는 지금 삶의 진리에 대해서 말하고 있어."

"엄마는 무슨 예언자 같아요."

"애야, 이건 예언이 아니야. 현실이란다."

"소름 끼쳐요."

"아냐. 이건 자연스러운 거란다."

"엄마는 이상해지셨어요. 절 두렵게 만드시네요."

"엄마는 그걸 이미 오래전에 경험했단다."

"정말요?"

뜰라가의 눈이 동그래졌다.

"그럼. 너는 엄마의 아주 예쁜 인형이었단다."

끄낭아는 숨을 깊이 내쉬었다. 몇 번이고 치밀어 오르려는 눈물을 삼켰다. 오늘 같은 날엔 사원에 가서 모든 신들에게, 모든 조상들에게 절하고 싶었다. 신과 말하고 싶었다. 자신이 꿈에 그리던 예쁜 아이를 딸로 얻었기 때문이다. 끄낭아는 마치 또 다른 야망이 생긴 것 같았다. 후에 존경 받는 가문의 귀족 남자가 자신의 딸에게 청혼해주길 바라는 간절한 마음이 생겼다. 성대하고 화려한 결혼식을 올려주어야지. 뜰라가는 마을에서 가장 긴 청혼 행렬을 맞이하게 될 거야. 그런데 뜰라가의 말 한마디로 끄낭아의 꿈이 쑥 가라앉았다.

"전 그럴 리가 없어요. 전 제 자신을 꼭꼭 닫아버릴 거예요. 귀엽고 예쁜 인형이 저와 같은 운명을 가지게 될까 봐 불쌍하거든요."

"넌 어른이 되는 게 싫으니?"

"싫어요. 그리고 남자를 사랑하기도 싫어요!"

"너 지금 무슨 말을 하는 거니? 오늘부터 네 인생에 대해 그렇게 함부로 말해서는 절대 안 된다. 지나가던 신이 듣고 진짜 그런 일이 벌어질까 두렵구나. 다신 그런 말 하면 안 된다. 엄마는 정말 듣기 싫구나."

***

뜰라가의 눈엔 이 집의 두 여성이 서로 트집 잡을 일을 찾고 있는 것처럼 보였다. 제로 끄낭아가 뜰라가의 방에 들어 올 때면 할머니는 달갑지 않은 시선으로 바라보았다.

"네 어미가 네 방에서 뭘 하던?"

할머니는 고래고래 소리를 지르며 말씀하셨다.

"그냥 얘기만 했어요, 할머니."

"무슨 얘기?"

"이런 저런 얘기요."

"네 엄마의 말을 곧이곧대로 듣지 말거라. 네 엄마의 교육이 널 잘못되게 할 수도 있어."

"할머니!"

"정말이란다, 애야. 모든 남자들이 건드렸던 조갯춤의 무희 따위가 어떻게 내 손녀에게 좋은 말을 해주겠냐는 말이다."

"할머니! 그게 무슨 말씀이세요? 할머니야말로 많이 배우셔야 해요. 제발 제 미래를 위해서라고 말씀하시면서 할머니의 과거를 제 미래에 갖다 붙이지 마세요. 그리고 제가 엄마보다 더 신성할 게 또 뭐란 말이에요?"

뜰라가는 눈을 부릅떴다. 그리곤 할머니의 눈을 날카롭게 응시했다.

할머니가 그런 식으로 말씀하실 때면 너무나 기분이 나빴다. 할머니가 엄마에게 질투하고 있다는 것을 잘 알고 있다. 뜰라가가 할머니보다 엄마를 더 사랑할까 봐 두려우신 거다. 엄마도 마찬가지였다. 늘 이상한 충고를 하시곤 했다.

"할머니가 충고를 하실 땐 조심해서 들어라. 네 할머니는 삶의 경험이 부족해. 귀족의 딸로 태어나서 어렸을 때부터 지금까지 늘 넘치는 삶을 살아오셨어. 인생에서 투쟁이란 걸 해본 적이 없으신 분이다. 그런 분이 무슨 삶의 경험이 있겠니. 할머니의 삶에서 네가 본받을 것은 아무것도 없다. 하지만 엄마는 달라. 엄마는 살면서 많은 고통을 겪었단다. 하루 내내 굶어본 적도 있다. 게다가 버림받은 여자가 되어 보기도 했지. 엄마는 이 삶을 위해 격렬한 투쟁을 해왔다. 그리고 널 낳았다는 건 정말 대단한 것이야. 넌 이걸 알아야 한다!"

제로 끄냥아의 목소리는 마치 이 삶을 위해 자신이 거쳐 왔던 것을 뜰라가 역시 똑같이 거쳐야 한다는 것처럼 들렸다. 엄마는 뜰라가를 키우기 위해 엄마가 해야 했던 투쟁과 귀족여성이 되기 위한 힘겨웠던 투쟁을 늘 들추어냈다. 벌써 몇 번이나 들었던 말이었기 때문에 엄마의 그 말을 듣는 것이 기분 좋은 일은 아니었다. 또 어느 날인가는 엄마가 이런 말씀을 하셨다.

"이 세상에서 가장 아름다운 여자가 되어야 한다. 넌 꼭 그렇게 되어야 해. 매일 아침 엄마는 그걸 기도한단다."

엄마는 이 야망을 위해 춤 선생님을 모셔왔다. 뜰라가는 매일 오후면 춤을 배워야 했다. 춤 선생님의 이름은 루 깜브렌이었으며 마을에서 가장 뛰어나고 수업료가 비싼 선생님이었다. 깜브렌 선생님이 지닌 춤의 비법을 전수받으려고 사람들은 안달이 나 있었다. 깜브렌 선생님은 늘 이렇게 말씀하셨다.

"무희가 된다는 것은 반드시 신에게 헌신할 준비가 되어 있어야 한다는 의미이다. 춤을 춘다는 것은 영혼과 대화를 한다는 것이다. 만일 네가 그럴 준비가 되어 있지 않다면 무희가 되겠다는 꿈도 꾸어서는 안 된다."

선생님은 냉정하게 말씀하셨다. 선생님은 날카로운 눈매를 가지고 있었다. 그 눈은 선생님의 모든 과거를 말해주며 그 과거를 한 움큼 한 움큼씩 뜰라가에게 나눠주는 듯했다. 뜰라가는 선생님의 눈을 훔쳐 볼 때마다 소름이 돋았다.

"오, 신이시여…. 대체 또 어떤 여자가 와서 절 온전한 여성으로 만들려는 걸까요?"

뜰라가는 혼자 중얼거렸다. 그리고 깊게 깊게 숨을 내쉬었다.

선생님과 처음 만났을 때 뜰라가는 심상치 않은 기운을 느꼈다. 암울, 정적, 그리고 어둠. 깜브렌 선생님에게 다가설 때 뜰라가는 몸을 떨었다. 세상 모든 춤의 신들은 저런 무서운 눈을 보는 것이 두렵지도 않은 걸까? 뜰라가는 마음속으로 물었다. 선생님의 두 눈은 매우 도전적이었다. 날카로운 눈은 마치 칼처럼 뾰족했으며 자신이 좋아하지 않는 사람들을 상처 입힐 눈이었다. 미소 또한 차가웠다. 나이가 들었음에도 불구하고 여전히 아름다운 선생님은 마치 세상 어떤 것도 두려울 게 없는 사람처럼 보였다.

"고개를 들어라."

선생님의 목소리는 뜰라가로 하여금 긴 숨을 들이마시게 만들었다. 선생님과 마주하기 위해서 뜰라가는 늘 온몸의 힘을 다 쥐어짜야 했다.

"무희는 고개를 숙여서는 안 된다."

선생님의 목소리는 매우 차가웠다.

뜰라가는 어떤 말도 할 수 없었다. 춤 연습 때문에 온몸에

둘러야 했던 이 천 조각들을 당장이라도 벗었으면 좋겠다는 바람 뿐이었다. 그러나 소용없었다. 깜브렌 선생님은 뜰라가의 고개를 들어올렸다. 그들의 시선이 서로 만났다.

"내 눈을 깊이 보렴."

선생님은 큰 소리로 말씀하셨다.

"애야, 그렇게 두려워 할 건 없다."

갑자기 엄마의 애정 어린 목소리가 들려 왔다. 엄마는 뜰라가의 어깨를 두드렸다. 그리곤 음료와 과일을 내려놓고 다시 나가셨다. 그때 뜰라가는 엄마를 쫓아 나가 자기 방으로 도망가서 방문을 꼭 닫아버리고 싶었다.

"네가 두려워해야 할 건 아무것도 없다."

엄마가 보이지 않게 되자 선생님은 조심스러운 어투로 말씀하셨다.

"난 네가 내 눈을 진심으로 쳐다보았으면 좋겠구나. 네가 내 눈을 진심으로 쳐다보면 내 눈은 내 삶에 대해 너에게 많은 것을 이야기해줄 것이란다. 내가 무슨 말을 하는지 이해하겠니?"

뜰라가는 아무 말도 하지 않았다.

깜브렌은 눈앞에 있는 열다섯 살짜리 여자아이를 찬찬히 쳐다보았다. 왜인지는 모르겠으나 이 여자아이가 자신의 삶보다 훨씬 더 많은 이야깃거리를 가지게 될 것이라는 느낌이 들었다. 자신이 가지고 있는 춤의 은총을 전해 주기에 적합한 여자아이를 만난 것은 이번이 처음이었다. 신들로부터 받았던 춤의 은총. 다시는 흐르지 않을 그 은총.

예전에 깜브렌은 자신이 춤의 신들로부터 받은 은총을 죽을 때까지 가져가야 할 줄 알았다. 그러나 뜰라가를 본 순간 그 생각은 사라졌다. 자신의 앞에 있는 이 여자아이가 마치 자신의 아이 같다는 느낌이 들었다.

"신이시여, 드디어 제가 제 모든 것을 쏟아부을 수 있는 바다를 만났군요."

깜브렌은 자기 자신에게 말하며 숨을 깊이 내쉬었다.

깜브렌은 자신의 과거가 떠올랐다. 예전에 자신이 뜰라가 나이였을 무렵, 깜브렌은 매력이라고는 전혀 찾아볼 수 없는 여자아이였다. 몸은 깡마른 데다가 허구한 날 아팠다. 마을에 전염병이 돌았을 때 마을의 모든 점쟁이들은 춤의 우두머리에게 신을 칭송하기 위한 사원을 세워야 한다고 말했다. 그들의 말에 따르면 그 마을은 예전에 비할 데 없이 아름다운 예술을 소유했었다고 한다. 끝내 사원이 세워졌다. 마을 사람들은 그처럼 빨리 사원이 세워진 데 대해 매우 놀랐다. 마을 사람들에게는 돈도 없었는데 말이다.

"이 모든 건 신의 은총이오. 모든 춤의 신들이 도우신 거요."

제사장이 말했다.

사원을 축복하는 예식을 치르던 날, 춤이라곤 모르던 소녀들이 갑자기 춤을 추기 시작했다. 어린 소녀들은 고대 자바어로 된 노래까지 부를 수 있게 되었다.

"우리 마을 무희 조상들의 영혼이 아이들의 몸에 들어온 모양이야."

한 사람이 속삭였다. 몸이 아팠던 깜브렌은 갑자기 사원으로 뛰어가 아름다운 민요를 부르기 시작했다. 그리고 근사하게 춤까지 추었다.

그러고 나서 아르자춤 그룹이 세워지게 되었다. 따라서 마을 사람들이 치러야 하는 예식이 하나 더 생겼다. 무희로 간택된 여자아이들은 야자, 오리 알, 바나나, 쌀 그리고 여러 가지 제물을 제사상에 바쳤다. 그리고 여러 가지 꽃으로 치장된 제물도 바쳤다. 간택된 소녀들은 기도를 시작했다. 그리고 일주일 후 소녀들은 자신이 올린 제물을 도로 가지러 와야 했다. 제물로 올린 모든 오리 알이 깜브렌의 것만 빼고 깨져 있었다. 깜브렌의 오리 알은 멀쩡히 그대로였으며 한 달 동안이나 계속 그대로 있었다. 마을 사람들은 깜브렌이야말로 춤 신들의 연인이라고 수군거렸다.

그 후 마을의 소녀들은 하나둘씩 결혼을 했다. 그러나 깜브렌은 여전히 혼자였다. 이상한 것은 그렇게 허구한 날 아팠던 깜브렌이 그 후로 지금까지 아픈 적이 없었다는 것이다. 깜브렌은 매우 건강해지고 춤을 가르칠 때면 더더욱 몸의 컨디션이 좋았다. 그리고 이제 깜브렌은 강어귀를 만났다.

깜브렌은 뜰라가의 어깨를 두드렸다. 그리곤 자신의 과거를 꽁꽁 싸매었다.

뜰라가는 여전히 말이 없었다.

"아직도 내가 두려운 게냐?"

뜰라가는 고개를 저었다. 깜브렌은 뜰라가의 눈에 새겨 있는 불안함을 읽어냈다. 뜰라가의 눈은 사람의 마음을 휘어잡는 눈이었다. 깜브렌은 뜰라가가 최고의 무희가 될 것을 예감했다. 이 여자아이는 자신이 원하는 삶의 모든 색채를 쉽게 얻어낼 수 있을 것이 분명했다.

깜브렌은 다시 숨을 내쉬었다.

"지난주에 배웠던 춤부터 시작하자."

깜브렌의 목소리가 이번에는 평온하게 들렸다. 뜰라가는 준비하기 시작했다. 지난주 깜브렌 선생님이 가르쳐 주신 춤은 레공 끄라똔춤이었다. 동작들이 매우 여성적이고 우아해서 독특한 힘을 가진 춤이었다. 그리고 그 춤 동작은 뜰라가의 여성스러운 몸을 더욱 빛나게 만들었다.

뜰라가는 춤을 추기 시작했다. 황혼이 내려 앉아 깜깜한 밤이 찾아올 때까지 계속해서 춤을 추었다. 황혼은 뜰라가를 슬프게 만들었다. 황혼의 하늘에 자신의 삶에 대한 사진이 걸려 있는 것 같았기 때문이다. 춤 연습이 있을 때면 깜브렌은 뜰라가가 문 앞에 쪼그리고 앉아 깜깜한 밤이 황혼을 먹어 치우는 것을 바라보고 있는 것을 몰래 훔쳐보곤 했다.

***

"깜브렌 선생님과 이젠 좀 친해진 모양이구나, 애야. 정말 대단한 여성이지 않니?"

"네, 맞아요, 엄마."

"선생님이 좋아진 게로구나."

"네."

뜰라가는 퉁명스럽게 말했다.

"대답이 왜 그 모양이냐?"

"참 좋은 선생님이세요."

"정말?"

*끄낭아*의 눈이 뜰라가를 응시했다. *끄낭아*의 몸속으로 자랑스러움이 번져나갔다. *끄낭아*는 한 번도 결혼을 하지 않은 깜브렌이 결국 자신이 가진 춤의 은총을 뜰라가에게 쏟아부어 줄 것이라 굳게 믿었다. 그렇게 되면 딸아이는 최고의, 그리고 가장 아름다운 무희가 될 테지. 깜브렌은 역시 대단한 여자다!

*끄낭아*는 자랑스러운 미소를 지었다. 그리곤 뜰라가를 친근한 시선으로 바라보며 깊은 숨을 내쉬었다. 가슴이 벅차올랐다. 신은 그녀가 원하는 것이라면 무엇이든 주시는 게 틀림없었다.

예전에 자신의 몸에 변화가 생겼을 때 *끄낭아*는 매우 두려웠다. 언제나 사고를 치고 다니는 남자의 아기를 가졌기 때문이었다. 자신의 몸속에 뿌려진 씨앗은 수백 명의 창녀들과 잠자리를 하고 다니는 추잡한 남자의 씨앗이었다. *끄낭아*의 엄마인 루 달렘이 경험한 것과 똑같은 것이었다. 엄마는 늘 사람이 된다는 것에 대한 의미를 상기시켰다. 그런 엄마에게는 왜 이 삶에서 설 자리 하나 주어지지 않았는가가 꼬냥아를 늘 고민하게 만들었다. 엄마의 삶은 정말이지 이상했다.

"이 엄마의 운명을 생각할 필요는 없다. 엄마는 어렸을 때부터 인생에 설 자리가 없었어. 그러나 나는 여전히 이 삶을 사랑한단다, 애야. 삶이란 참으로 무시무시한 거야. 놀랄 만한 일들이 너무도 많지. 엄마는 마치 삶이 엄마를 사납게 쫓아다니는 것처럼 느낄 때가 종종 있단다. 그리고 삶은 엄마를 늘 함정에 빠뜨리지. 난 마치 내 삶과 숨바꼭질하는 것 같다는 생각을 한다. 하지만 그래서 삶이 아름다운 거란다. 인간의 문명에서 가장 고귀한 예술이 바로 삶이란다."

삶에 대해 어떠한 불평도 하지 않은 여인, 루 달렘의 입에서 나온 말이다. 루 달렘은 이 삶이 자신에게 건네는 모든 문제들을 극복할 수 있다고 스스로를 확신시키려 노력했다. 삶이 자신에게 요구하는 것이 너무 많다는 것을 알고도 오히려 루 달렘은 미소를 지었다. 그중의 하나가 바로 원치 않았던 두 딸의 출생이다. 그리고 마지막으로 루 달렘은 자신에게 삶을 허락한 신에게 스스로를 맡겼다. 루 달렘은 강에 빠져 죽은 것이다. 죽어서조차 루 달렘에게 자신의 자리는 끝내 없었다.

"네 엄마의 장례식을 치러서는 안 돼. 42일 동안은 시신을 매장해야 해. 관습에 따르면 네 엄마의 죽음은 올바른 죽음이 아니야. 잘못된 죽음이지."

루 스까르, 즉 제로 끄낭아는 화가 났고 그런 대우를 용납할 수 없었다. 하지만 사람들은 이것이 관습의 문제라고 스까르에게 상기시켰다. 관습대로 하지 않으면 이 마을에 전염병이 돌 것이라고 믿었다. 그들은 또한 스까르의 엄마가 죽은 방식이 관습에 어긋난다고 덧붙였다. 끝내 루 달렘의 시신은 큰길가에 매장되었다. 시신을 집 안으로 들여서도 안 되는 것이다.

끄낭아는 맹인인 엄마의 시선을 바라보았을 때가 기억났다. 끄낭아는 그 안에서 평온함을 보았다. 엄마의 이마는 맑은 호수 같았다. 내버려 두자, 사람들이 엄마의 죽음을 관습대로 처리하도록 내버려 두자, 그때 끄낭아는 이렇게 중얼거렸다. 신비한 힘이 엄마를 잘 평가해줄 것이라 믿었다. 그 신비한 힘은 끄낭아로 하여금 버르장머리 없는 두 동생과는 다른 방식으로 기꺼이 엄마를 저세상으로 보내드릴 수 있게 만들었다. 종종 끄낭아는 생각했다. 엄마가 발을 헛디뎌 강에 빠진 것일까, 아님 일부러 강 속에 뛰어드신 걸까….

어찌 되었든 끄낭아에게 있어 엄마는 실로 대단한 여성이었다. 엄마는 루 달렘으로서 자신의 역할을 너무나 잘 이해하고 사랑했다. 그것이 바로 끄낭아가 닮고 싶은 점이었다. 그러나 지금까지 끄낭아는 엄마처럼 그럴 수가 없었다.

끄낭아는 가슴 아팠던 사건 하나를 떠올렸다.

알고 보니 두 동생은 끄낭아 남편의 첩이 되길 원하고 있었다. 수치스러움도 없이 동생들은 잠자리에서 끄낭아의 남편이 얼마나 대단한지 쑥덕거렸다.

"제로의 남편은 대단해. 그는 지금도 안에 있어!"

꾸낭아는 옷이 다 구겨진 채로 방문을 닫고 나오는 꺼르띠의 말을 듣고 소름이 끼쳤다.

"제로 알고 있니? 이번엔 꺼르따의 차례야. 너도 하고 싶으면 여기 앉아서 순서를 기다릴래?"

동생은 의기양양해하며 미소 지었다.

"긴장하지 마. 삼십 분만 기다리면 돼. 아님 내가 뭐 전해줄 말이라도 있어?"

꺼르띠의 말은 점점 도가 지나쳤다. 꾸낭아는 말없이 있었다. 예전부터 꾸낭아는 알고 있었다. 자신의 남편이 짐승에 지나지 않는다는 것을. 그리고 남편에게 어떠한 것도 요구하고 바라서는 안 된다는 것도 잘 알고 있었다. 그 남자는 사람이 아니라 짐승이었다! 여자에 대한 굶주림이 채워질 줄을 몰랐으며 인간의 본성보다는 짐승의 본성에 따랐다. 이런 상황에 꾸낭아는 오직 자신에게 이렇게 말할 수밖에 없었다.

"이 삶에서, 스까르, 공짜는 없어. 물, 공기, 살기 위해 필요한 모든 에너지도 공짜가 아니야. 네가 행복한 적이 있었니? 만일 네가 삶으로부터 선물을 받았다면, 잠시 후에 고통이 널 찾아올 것을 준비해야 해."

마음이 전해주는 이야기는 삶이란 인간을 고문할 뿐이라는 것을 각인시켰다.

귀족의 아내가 된다는 것은 너무나 값비싼 대가를 치러야 하는 일이었다. 귀족 남자들이 사실은 귀족이 아닌 여성과는 결혼하지 않으려 한다는 것을 잘 알고 있었다. 그들은 태어날 아기의 귀족 순도가 낮아지길 원치 않는 것이다. 어떠한 귀족 남자도 이처럼 사치스러운 삶으로 그녀를 데려가려 하지 않았다. 언젠가 껜뗀은 이런 이야기를 했었다.

"난 네가 그 남자를 사랑하지 않는다는 걸 알아, 스까르. 그런데도 네가 그의 청혼을 받아들여서 놀랐어. 넌 네 삶을 헛되이 하는구나."

"사랑이 뭐니? 난 그저 적당한 삶, 사람들로부터 존경 받는 삶을 원할 뿐이야."

"넌 애정을 필요로 한다고. 네 자신을 마치 생명이 없는 물건처럼 여기지 마."

껜뗀의 목소리는 분노로 가득했다.

"삶은 나에게 돌덩어리가 되라고 가르쳤어."

"너 돌한테 물어보기나 했어? 돌이 된 것이 얼마나 가슴 아픈지 돌한테 물어 봤냐고!"

"누가 그걸 너한테 말해주던? 돌이 너한테 한탄하던?"

껜뗀은 말이 없었다.

"난 그 남자가 자기 가족의 울타리 속으로 날 데려가만 준다면 기꺼이 돌이라도 되겠어."

"다시 생각해봐!"

"난 내 삶에 가장 적절한 결정을 이미 내렸어. 난 벌써 그의 청혼을 받아들였어."

"이건 꿈이 아니야. 현실이라고!"

"그래 맞아. 그리고 이게 내 선택이야. 언젠가 네가 네게 의미 있는 것을 줄 남자를 만나게 되면, 그게 사랑이든, 미래든 뭐든 말이야, 넌 나를 찾아와서 이렇게 말할 거야. '스까르, 네 말이 옳았어.'라고."

"난 너 같은 꿈을 꾼 적이 없어."

"그렇다면 내가 아니라 네가 죽은 물건이라는 말이야. 사람은 바람을 가지고 꿈을 가져야 해. 그게 사람으로 하여금 살아있게 만드는 거라고. 돌조차 꿈을 가지고 있어. 말없이 있어도 돌은 이 삶의 모든 비밀을 간직하고 있다고."

"내 삶은 네 삶이 아니야. 난 꿈을 꾸길 원치 않아."

"제발 꿈을 꾸는 걸 배우도록 해. 네가 얼마나 예쁜지 잘 알잖아. 넌 너무나 예뻐. 건너편 마을의 한 남자가 네게 푹 빠져 있다는 걸 넌 믿지 않겠지. 그 남자가 얼마나 잘생겼는지 아니?"

"원하면 네가 가져!"

"난 수드라 계급의 남자에겐 관심 없어. 난 오직 귀족 남자에 게만 관심이 있을 뿐이야."

"원하던 귀족 남자를 이제 가졌구나. 언제 결혼하니?"

"삼일 후! 벌써 몇 번이나 네게 말했는데…. 귀가 어떻게 된 거 아냐?"

"놀리지 마."

"됐어. 넌 내 결혼 소식을 반기지 않는구나."

"반기지 않는다는 게 아냐."

"표정이 밝지 않은데, 뭘."

"난 그저 네 운명에 대해 고민하고 있어. 다른 사람이 되어 살아갈 수 있겠니?"

"다른 사람?"

"그래. 귀족 여성이 되기 위해선 넌 많은 것을 배워야 할 거야."

"그게 바로 내가 원하던 바야. 분명 재미있을 거야."

"스까르, 이건 무용극에서 맡는 배역이 아니야."

"무슨 차이인데? 삶은 연극이야."

"네가 그렇게 생각한다면 난 더 이상 너 때문에 불안해하지 않겠어."

"하지만 네 얼굴은 영 불편해 보이는걸."

스까르는 껜뗀의 얼굴을 진지하게 쳐다보았다.

"뭐 하나 물어봐도 돼?"

"너 오늘 이상하구나."

"너 그 남자를 사랑하니, 스까르? 난 알고 싶어. 물어봐도 되는 거야?"

"이상한 질문이구나. 물론 물어봐도 돼. 내 대답은 '아니'야."

"그 대답을 들어서 기쁘다. 내가 부탁 하나 해도 될까?"

"너 진심으로 그러는 거야?"

"응!"

"그럼 너도 내가 원하는 건 뭐든지 하나 들어 줄래?"

"좋아!"

"정말이지?"

"날 의심하는 거니, 스까르?"

"약간."

"네가 뭘 원하는지 말해봐."

"내가 부유한 집안과 결혼하잖니. 근데 난 제대로 된 장신구 하나 없어. 블라우스도, 금으로 만든 꽃도, 날 그 집안과 어울리게 만들어 줄 수 있는 어떤 장신구 하나 없어. 결혼식에 올 사람들은 틀림없이 예쁘게 차려 입고 올 텐데. 넌 장신구가 많잖아. 게다가 모두 예쁜 것들이고. 나 좀 빌려줄 수 있니?"

"좋아!"

"너 농담하는 거 아니지?"

"아냐. 너한테 난 항상 진지해."

"정말?"

"응. 대신 조건이 하나 있어."

"말해봐."

"반드시 지켜야 해."

"뭐든 할게. 약속해."

"정말이지?"

"그래. 진짜진짜 정말이야."

"잘 들어. 네 결혼식 전날, 넌 반드시 나랑 자야 해."

"엥? 고작 그거야?"

스까르가 놀라서 눈을 부릅떴다.

"응."

"참 이상한 부탁이네."

"난 매일 너와 자고 싶어. 너도 알잖아. 너와 함께 있으면 난 평온함을 느껴. 난 마치 보호 받는 기분이 들어."

"속임수 아니지?"

"진심이야. 이제부터 매일 너랑 잘게. 그리고 매일 밤 그 남자에 대해서 말해 줄게. 틀림없이 너도 듣고 싶을 거야."

"네가 어떤 얘기를 해도 난 항상 네 얘기가 재미있어."

"난 네가 내게 장신구와 비싼 천들을 빌려준다고 해서 너한테 잘한다고 생각할까 봐 싫어. 넌 진정한 내 친구야. 난 네가 내게 진심이고 날 친동생처럼 생각해주는 걸 잘 알아. 시간이 지나도 난 널 최고의 친구로 기억할 거야."

"네 자신을 잘 지켜야 해. 그 집안에 들어가면 넌 정말 다른 사람이 되어야 하거든."

"알아."

제로 꾸낭아는 방의 천장을 올려다보았다. 뜰라가가 자신의 뺨을 톡톡 쳤을 때 껜뗀의 환영이 사라졌다.

"엄마는 나랑 말할 때면 늘 딴생각에 빠지시더라고요."

"옛날 생각을 하고 있었단다."

"와 재밌겠는데요."

"그래. 무척 재밌지."

"얘기해 주세요, 엄마."

"나중에. 엄마가 진짜 어떤 사람이었는지 나중에 긴 이야기를 해주마."

"지금 해 주세요."

"뭣하러? 지금은 들어도 이해 못해."

"언제는 저보고 다 컸다면서요."

"이건 훨씬 더 큰 사람을 위한 이야기란다."

"어른들은 믿을 사람들이 못 되요, 늘 이상한 말만 해요."

"그게 아니야."

"엄마는 제게 솔직하지 않으세요. 엄마가 제게 솔직하지 않으면 저도 엄마에게 솔직하지 않을 거예요."

"네가 아직 이해를 못할 거란다."

"이해해요."

"엄마에 대해서 뭘 알고 있니?"

"엄마, 화내지 않는다고 약속하세요."

"약속하마!"

"사람들 말로는 엄마는 신녀가 될 수 없대요."

"왜?"

"신녀가 될 수 있는 사람은 귀족 남자와 결혼한 귀족 여자뿐이래요."

"넌 신녀 엄마를 가지고 싶니?"

"아뇨!"

"왜?"

"그럼 엄마를 잃어버리잖아요. 엄마는 틀림없이 엄마 신도들일로 바쁠 거예요. 아침부터 밤까지 종교예식을 치르느라 바쁘겠죠. 엄마와 이야기할 시간도 없게 될까 봐 두려워요."

끄낭아는 그처럼 소박한 이유를 듣고는 미소를 지었다.

"자, 이제 네 춤 선생님에 대해 얘기해보렴."

"할 수 없어요. 깜브렌 선생님은 말로 설명하기 힘든 분이에요, 엄마. 이야기하자면 너무 길어요. 너무 복잡하구요."

"선생님을 사랑하니?"

"조금요."

"조금?"

"네."

"왜? 선생님이 불편한 거니?"

"아뇨. 그저 선생님을 잘 알려면 시간이 좀 걸릴 것 같아요."

"엄마는 널 위해 늘 최상의 것만 해준다고 믿는다. 네가 원하는 거면 뭐든 엄마가 들어 줄게. 지금 엄마에게는 너뿐이야. 오직 너만이 나중에 늙은 엄마가 의지할 수 있는 곳이야."

뜰라가는 숨을 내쉬었다. 엄마의 그 말은 매번 뜰라가를 소름 돋게 만들었다.

***

"뜰라가, 내가 벌써 몇 번을 말했니? 넌 내가 가르친 학생들 중에 최고야. 내가 수십 년간 학생을 가르치지 않았다는 걸 잘 알고 있지? 아이들이 도통 진지하질 않아서 춤을 가르치는 데에 지쳤던 거란다. 하지만 넌 레공춤을 이틀 만에 해냈어. 대단하구 나!"

깜브렌은 소리쳤다. 감격해서 눈앞에 서 있는 뜰라가를 쳐다 보았다. 그리곤 뜰라가를 꼭 껴안았다.

"내가 가진 모든 춤의 재능을 가져가거라. 넌 선택 받은 사람 이야. 잘 기억하렴. 보름달이 뜰 때면 반드시 매일 사원에 제물을 바쳐야 한다. 항상 춤을 잘 출 수 있게 해달라고 신께 빌어야 해."

뜰라가는 선생님의 뭐든 집어삼킬 것 같은 큰 눈이 이처럼 애정으로 가득 차 있는 것을 처음 보았다.

"자, 이제 넌 모든 것을 다 갖춘 여자가 되었다. 예쁘고 춤도 잘 추고 귀족의 딸이기까지 하지. 넌 이 세상의 모든 아름다움을 다 가졌단다."

"선생님, 그런 말씀 마세요."

"그냥 하는 말이 아니야."

"선생님께서 절 많이 아끼신다는 걸 잘 알아요. 예전엔 선생님 께 말도 못 걸었지만요."

깜브렌은 껄껄거리며 웃었다. 그녀의 주름살에는 아름다운 선이 새겨져 있었다.

"선생님은 분명 젊었을 때 고우셨을 거예요."

"그 얘긴 어디서 들은 게냐? 난 이미 늙었단다. 벌써 예순 살이나 되었어."

"사람들이 얘기하던걸요. 선생님께 춤을 배우다니 저보고 운이 좋대요. 사람들 말로는 예술학교에서 큰돈을 줄 테니 춤을 가르쳐 달라고 했는데도 거절하셨다면서요. 왜 그러셨어요? 학교에서 춤을 가르치시면 돈을 많이 버실 텐데요. 제자들도 엄청 많을 테고요. 외국에서 초청도 받으셨을 거예요. 전 외국에 나가서 살아보고 싶어요. 그곳의 삶은 무지 좋을 것 같아요."

"다 바보 같은 짓이란다."

"바보 같은 짓이라고요? 전 이해가 안 가는데요."

"내 말을 잘 새겨들어라. 발리 여성에게 있어 일이란 제사 예물을 만들고 기도하고 예식에서 춤을 추는 거란다. 그것이 바로 이 예술을 지탱해주는 거야. 옛날 사람들은 무엇이 개인의 활동이고 무엇이 예술 활동인지 굳이 구별 짓지 않았다. 그저 사원에 예식이 있으면 춤을 추었던 거야. 허나 지금은 더 이상 그렇지 않다. 난 이 춤의 은총을 계속 지키기 위해 태어났다. 그런데 소위 고등교육을 받았다고 하는 사람들이 내 춤의 은총을 망쳐 버렸어. 그들은 춤의 영감이 어디서 오는지 그리고 무엇이 춤을 만드는 사람을 힘들게 하는지 통 이해하지 못했다. 그저 어떻게 해서든지 우리를 외국인 앞의 무대에 세워 팔아먹을 생각만 했어. 그들은 이 귀한 전통 유산을 어떻게 지켜나가야 하는지 외국에서 배워오지 않은 모양이더구나. 문화는 무엇을 주고도 살 수 없는 것인데도 말이야."

"선생님을 알게 되어 정말 다행이에요."

"난 역사에 기록되는 것도 인정을 받는 것도 원하지 않는다. 옛날 사람들은 자신이 그린 그림이 사원에 걸리기만 해도 기뻐했다. 그것이 진정한 신에 대한 헌신이었지. 예전에 난 대학에서 학생들에게 춤을 가르치는 일이 즐거웠다. 학생들이 매우 진지해 보였거든. 하지만 아쉽게도 그들은 스스로를 위해 춤을 간직하려 노력하지 않더구나. 그저 졸업을 위해서 춤을 배울 뿐이었지. 그 이상은 원하지 않더구나. 예를 들면 춤을 연구할 수도 있었는데 말이다. 실로 많은 사람들이 날 높이 평가해 준단다. 그리고 날 찾아와서 많은 질문을 하지. 난 바보 같은 여자란다. 글을 읽을 줄도 쓸 줄도 몰라. 한데 내가 놀란 것은 그 배울 만치 배운 사람들이 모두 다 어디론가 가버렸다는 것이다. 왜 그들은 이 땅과 이 문명에 대해 글을 쓰지 않는 걸까? 난 이해할 수가 없었다. 오히려 그들은 날 호텔 연회장에 세워서 춤을 추도록 만들려 했어. 말도 안 되는 보수를 주면서 말이지. 모든 것이 다 변해버렸다. 난 내가 태어난 이 땅조차 알 수 없게 되었어."

뜰라가는 침묵했다. 뜰라가 또한 온몸을 파고드는 고통을 느끼고 있었다.

루 깜브렌은 독특한 방식으로 춤을 추는 능력을 가지고 있었다. 많은 사람들이 깜브렌의 춤 동작을 흉내 내려 하였다. 그러나 성공한 사람은 없었다. 깜브렌은 대체 어디서 흉내 내기조차 어려운 동작을 배운 것일까?

사람들은 깜브렌이 우여곡절이 많은 수드라 여성이라고 말했다. 예전에 어떤 왕이 그의 첩이 되어 달라고 했다. 깜브렌은 극구 사양했다. 그 죄로 깜브렌은 왕의 첩들에게 춤을 가르쳐야 했다. 사람들은 깜브렌이 감히 왕의 청혼을 거절하는 것을 보고 매우 놀랐다. 편안한 삶을 거절한 것이다. 왜 그랬을까? 왕의 첩이 된다는 것은 보장받은 삶을 산다는 의미가 아닌가? 수백만 평의 땅을 가지게 될 테고 큰 저택과 사람들이 귀족의 자녀로 인정하는 자식까지 가지게 될 터였다. 깜브렌처럼 가난한 여성에게 그것이 성공이 아니고 무엇인가.

"내 삶은 오직 춤을 위해서만 존재한다!"

이것이 깜브렌이 한 말이다. 뜰라가는 이 말을 늘 기억했다.

사람들은 또한 깜브렌에게 애인이 많았다고 말했다. 뜰라가는 이 소문이 가장 재미있었다. 이상하게도 선택의 여지가 너무 많아 깜브렌은 결혼을 할 수가 없었다. 결국 깜브렌은 춤과 결혼했다.

"저는 더 이상 신성한 여자가 아닙니다. 저 같은 수드라 여성과 결혼하시면 왕께서는 재앙을 당하시게 될 거에요. 전 여러명의 수드라 남자들과 잠자리를 했습니다. 왕께서는 권위를 지키기 위해 신성한 여자와 결혼을 하셔야 합니다. 저 같은 여자가 왕께 가당키나 한가요? 전 처녀가 아니에요."

궁에서 사절을 보내 왕의 청혼을 전하자 깜브렌은 이렇게 말했다. 왕은 어떤 말도 할 수 없었다. 왕은 수치스러움을 감추고 권위를 지키기 위해 깜브렌을 춤 선생으로 궁에 데려 갔다. 깜브렌에게 있어 그것은 문제도 아니었다. 깜브렌에게는 춤 선생이 되는 것이 첩이 되는 것보다 훨씬 존경스러운 삶이었다.

뜰라가는 깜브렌이 자신의 귀에 대고 속삭였던 말이 떠올랐다.

"난 아직 처녀란다, 애야. 날 건드린 남자는 세상에 한 명도 없어."

깜브렌은 배꼽을 잡고 웃어댔다.

"다른 사람한테는 말하지 말거라. 사람들이 나에 대해 맘대로 지껄이게 내버려둬. 웃기지 않니, 애야? 삶은 정말 천방지축으로 뛰어다니는 놀이 같은 거란다."

"남자에게 마음을 줘본 적도 없으세요?"

"왜 그런 걸 묻니?"

"제 질문이 잘못되었나요?"

"아니다."

"그럼 이야기해주실래요?"

"재미없는 이야기란다."

"전 듣고 싶어요."

뜰라가는 깜브렌의 눈을 날카롭게 응시했다. 깜브렌이 그녀의 삶에 대해 이야기해주길 진심으로 바라고 있었다. 뜰라가는 깜브렌이 아주 재미있는 경험을 가지고 있을 것이라 믿었다.

루 깜브렌은 자리에 앉았다. 눈이 허공을 응시하고 있었다. 그리고 이야기를 시작했다. 매우 천천히 말했다. 이따금 긴 숨을 내쉬기도 했다.

많은 남자들이 깜브렌에게 미쳐 있었다. 그러나 이상하게도 그녀는 어떤 발리 남자에게도 끌리지 않았다. 그러던 어느 날 깜브렌은 장 폴 피에르를 만나게 되었다. 깜브렌이 춤을 출 때마다 무대 앞에 앉아 있는 프랑스 남자였다. 그 남자는 매우 날카로운 눈을 가지고 있었다. 그의 눈과 마주칠 때마다 깜브렌은 자신의 몸 안에 있는 무엇인가 사라지는 듯한 느낌이 들었다. 그 남자는 마치 깜브렌의 영혼을 가져가버리는 것 같았다.

"서양 남자의 사랑을 받아들여서는 안 돼. 그들은 오직 그림 모델로만 여자를 이용하지. 우리를 그들 나라에 기념품으로 팔아 넘기려 한다고. 그저 돈만 벌 생각에."

모든 무희들이 그렇게 말하는 것을 깜브렌도 들었다. 그러나 자신의 몸속에서 자라고 있는 씨앗을 잘라낼 수가 없었다. 그것은 깜브렌이 춤을 출 때마다 모든 춤 동작에조차 큰 영향을 주고 있었다.

"그 유별난 여자, 루 담빠르 알지? 우리들 중 자기가 가장 아름다운 몸을 가지고 있다고 말했던 여자 말이야. 그 여자 운명이 어떻게 된 줄 아니? 무시무시한 삶의 덫에 걸려들었어. 늘 그 여자를 칭송해대던 독일 남자가 그림 모델로 그 여자를 이용했잖아. 그 남자가 종종 자기 친구들 앞에 그 여자를 알몸인 채로 내보였다던데 알고 있어?"

깜브렌은 루 담빠르를 잘 알고 있었다. 어렸을 때부터 자신을 시샘하던 여자였다. 깜브렌이 하는 거라면 반드시 그녀도 해야 했다. 깜브렌이 이해할 수 없었던 것 중 하나는 담빠르가 종종 그녀를 조롱했다는 것이다. 그리고 아주 나쁜 짓도 서슴지 않고 했다. 예를 들어 그들이 함께 춤을 출 때 일부러 깜브렌의 부채나 장신구 등을 숨겨 놓곤 했다. 하지만 이상하게도 깜브렌은 그런 그녀가 밉지 않았다. 깜브렌은 담빠르가 마음 한구석으로는 자신을 좋아하고 있다는 것을 잘 알고 있었기 때문이었다.

많은 외국 사람들이 무희의 삶에 관한 영화를 만들고 싶어했다. 깜브렌은 종종 그들의 모델이 되어야 했다. 그들 말로는 깜브렌의 몸이 발리 여성의 아름다움을 대표한다고 했다. 그들은 깜브렌의 몸에 발리의 지도가 있다고 생각했다.

외국 사람들이 종종 춤을 추거나 깜브렌을 만나러 오기 시작하자 담빠르는 이상한 행동을 시작했다. 끝내 담빠르는 짐승 같은 눈빛으로 여자를 바라보던 독일 남자의 덫에 걸려들었다. 그의 눈은 늘 굶주려 있었다. 아주 소름 끼치는 시선으로 여자들을 바라보고 있었다. 날카로운 눈은 여자의 옷을 한 겹 한 겹 벗겨내는 것 같았다. 친구들 말에 따르면 그 남자는 화가이고 발리에서 산 지 거의 십 년이 되었다고 한다.

"널 좋아하는 것 같아 보이더라. 너도 끌리니?"

깜브렌의 네덜란드인 친구가 물었다.

"아니."

"왜?"

"난 그 남자의 눈빛이 싫어. 그 남자가 여자를 바라보는 시선을 너도 한번 봐. 여자를 존경하는 눈빛이 전혀 아니야. 사람들 말로는 그가 아름다움을 숭배하는 예술가라고 하더라. 그런 눈에서 대체 어떤 아름다움이 나올 수 있을까?"

"너 그 남자를 아직 모르는구나."

"난 내 느낌을 믿어. 그 남자는 좋은 남자가 아니야."

"그렇게 감정적일 필요는 없잖아."

그 네덜란드 여자는 깜브렌의 눈을 바라보았다. 그녀는 웃고 있었다.

"너 같은 서양인들에게는 그게 문제가 안 될지도 모르겠지만 내겐 큰 문제야. 이건 원칙의 문제라고. 한 여자의 원칙!"

"화내지 마."

"화나지 않았어. 그저 내 생각을 말했을 뿐이야. 난 보수적인 여자라고."

"아니야. 넌 보수적인 여자가 아니야. 넌 다른 여자들과는 달라."

그 네덜란드 여자는 진지하게 깜브렌을 바라보았다. 그러더니 친근한 태도로 깜브렌의 어깨를 톡톡 두드렸다.

"내가 남자라면 널 억지로라도 나와 결혼하게 만들었을 텐데."

그녀의 목소리는 떨리고 있었다. 깜브렌은 친구의 어투에서 뭔가 이상한 것을 감지할 수 있었다. 게다가 그 네덜란드 여자는 깜브렌을 꼭 껴안고 입술에 키스를 했다. 깜브렌은 깜짝 놀랐다. 밀어낼 새도 없었다. 모든 것이 너무나 빨리 지나갔다.

"남자들만 널 사랑하는 게 아냐. 여자들도 널 사랑한다고!"

네덜란드 여자는 그림도구를 챙기며 큰 소리로 말했다.

"어디 가려고?"

"상상으로 널 그리러."

"너 미쳤니!"

깜브렌이 버럭 소리 질렀다.

"넌 이 세상에 존재하기엔 너무 순진하다는 거 아니?"

"난 네가 무슨 말을 하는지 도통 모르겠어."

"내가 설명해도 넌 모를걸."

"너도 발리에 사는 다른 외국인들과 다를 바가 없어. 서양 사람들은 우리를 어리석은 사람들로 바라보지. 거짓말을 하고 속이기 적당한 사람으로 우리를 생각해. 그러나 다른 한편으로 우리들이 서양 사람들과 비교할 때 훨씬 더 대단한 문화를 가지고 있다는 것을 인정하고 있지."

"넌 대체 언제부터 민족주의자가 되었니?"

"민족주의자가 뭔데?"

깜브렌은 소리 질렀다. 그러나 그녀는 대답하지 않았다. 그 네덜란드 여자는 손을 흔들며 가버렸다. 그녀의 발걸음은 무척이나 빨랐다. 깜브렌은 그녀를 뒤쫓아 갈 수가 없었다.

그러다가 깜브렌은 자신이 너무나도 잘 알고 있는 눈빛과 마주쳤다. 그 남자였다.

"안녕!"

잘 아는 목소리가 깜브렌에게 인사를 건넸다.

"당신이군요."

깜브렌은 고개를 숙였다.

그들은 한 오 분간 대화 없이 그대로 있었다. 늘 카메라를 가지고 와서 깜브렌이 춤을 추는 모습을 찍어가던 남자가 지금 바로 그녀 앞에 서 있었다. 깜브렌은 마치 숨이 멎을 것 같았다. 정수리에서 피가 뿜어 나오는 것 같았다. 깜브렌은 너무나 긴장되었다. 게다가 그 남자는 뭔가 말하려는지 사전까지 들고 있었다.

깜브렌과 장 폴 피에르 사이에 있는 그토록 많은 다른 점이 오히려 그들의 관계를 더욱 독특하게 만들었다. 그들은 서로 눈으로 혹은 몸짓으로 말했다. 그들만의 언어는 종종 의미를 잘못 전달하기도 했다. 송—보통 깜브렌은 그 프랑스 남자를 이렇게 불렀다—이 재떨이를 달라는 시늉을 했는데 깜브렌은 잘못 이해하고는 마실 물을 한 잔 떠온 적도 있었다.

"정말 이상한 관계였지. 그게 처음으로 내가 사랑이라는 이름을 붙일 수 있는 관계였다. 매우 값비싼 관계였고 아주 고통스러웠단다, 애야."

"이상하네요. 왜 고통스러우셨어요? 선생님은 그 남자를 사랑하셨을 거 아니에요?"

"무척 사랑했지."

"한 남자를 사랑하는 것이 고통스러운 일인가요?"

루 깜브렌은 아무 말도 하지 않았다. 깜브렌은 남편의 작업실에서 목매달아 죽은 담빠르의 지독한 운명을 떠올렸다. 그때 처음으로 깜브렌은 작업실이라는 곳을 가봤다. 그 방은 사진들과, 슬라이드, 그리고 나체 상태의 담빠르를 녹화한 비디오테이프들로 가득 차 있었다. 심지어 담빠르의 몸을 묶어 놓고 다섯 명의 남자가 담빠르의 몸을 핥아대는 테이프도 있었다. 그 테이프 속에서 담빠르는 소리를 지르고 있었다.

바로 이런 것이 예술이란 말인가? 물론 깜브렌은 그림의 언어를 이해하지 못했다. 지금까지 많은 사람들이 루 담빠르 남편의 그림이 지닌 미적 가치에 대해 이야기하고 있다. 하지만 그 아름다움이라는 것이 미적 경계선을 넘어버린 게 아닌가! 들리는 소문에 의하면 그의 야생적인 상상력이 예술의 이론을 무너뜨렸다고 한다. 게다가 깜브렌으로서는 도무지 이해할 수 없는, 수도 없는 칭찬들이 들리고 있었다.

"대단해. 저런 감각으로 여성 몸의 지도를 그릴 수 있다니. 캔버스 안에서도 마치 살아있는 것 같아!"

깜브렌이 아직도 기억하고 있는 어떤 비평가의 그림에 대한 평이었다. 그때 깜브렌은 루 담빠르 소유의 한 화랑에서 춤 계약을 맺고 있었다. 매우 넓고 독특하며 정말로 발리적인 분위기를 가진 화랑이었다. 화랑의 이름은 루 담빠르 화랑이었다. 깜브렌은 왜 그처럼 크고 화려한 화랑에 불행한 운명의 여인인 루 담빠르의 이름을 사용했는지 잘 알 수 있었다. 독일 남자는 비싼 세금을 내지 않기 위해 그 이름을 사용한 것이다. 그리고 화랑을 유지하는 데 이 나라의 복잡하고 피곤한 절차들을 피해가고 싶었을 것이다.

담빠르는 너무나 값비싼 대가를 치러야 했다. 수많은 그녀의 나체 사진이 엽서 그림으로 만들어졌다. 그 남자는 자기 아내의 몸을 팔아먹고 살았던 것이다.

그 화가는 미친 것이 분명했다. 깜브렌을 더욱 소름 끼치게 만든 것은 독일 남자와 장 폴 피에르가 거칠게 동물처럼 사랑을 나누는 장면을 녹화한 테이프였다.

"이상하지, 얘야? 그럼에도 불구하고 난 여전히 그를 사랑했단다. 오늘까지도, 이 나이가 되어서까지도 말이야. 내가 미친 게 아닐까 신에게 종종 묻곤 한단다."

뜰라가는 아무 말도 할 수 없었다. 깜브렌의 눈에는 눈물이 고여 있었다.

"그 독일 남자는 끝내 어떻게 되었나요?"

"주민들이 화랑에 쳐들어가서 몽둥이로 그를 때렸단다. 그리고 감옥에서 죽었어. 이상하게도 아직도 그의 그림에 대해 미술 비평가들이 말하더구나. 심지어 그들은 그의 회화 기술을 연구하고 있어. 하지만 어느 누구도 그 그림 속에 루 담빠르의 절규가 있다는 것을 보지 못하지."

"선생님은 담빠르를 무척 좋아하셨나 보네요."

"그래. 그 애의 시기심이 나에게 더 큰 일을 하고자 하는 야망을 갖게 했단다. 나는 오히려 그 애가 내 잘못이나 부족한 점을 들추어내는 것을 보고 있는 게 좋았다. 그 애가 그런 이상한 방식으로 날 증오할 때마다 난 오히려 그 애를 점점 사랑했어. 그 애의 삶은 점점 엉망이 되어 갔지. 그 애는 나쁜 남자들을 사랑했어. 모두 사랑을 조롱하는 남자들이었지. 왜 그랬는지 모르겠구나. 그렇게 아름다웠던 애가⋯. 게다가 영리한 아이였는데⋯. 그 애는 무척 용기 있는 여자였단다. 뿌뚜 빠뜨라자사라는 남자와 사랑에 빠진 적이 있었어. 그때 담빠르는 마치 굶주린 거지 같았다. 그 남자가 말을 걸거나 미소를 보낼 때만 그 애는 멀쩡해졌지. 안타깝게도 그 남자는 담빠르를 피해 다녔단다. 담빠르의 이름만 들어도 그 남자는 치를 떨었어."

"이상하네요!"

"그래. 난 그 남자에게 담빠르 같은 여자로부터 사랑 받는 걸 운 좋은 줄 알라고 말한 적이 있었어. 담빠르는 내가 아는 여자 중에 가장 멋진 여자였거든. 담빠르는 늘 당당하게 사랑이란 뭐든 희생하는 거라고 말했단다. 담빠르는 누가 그 남자 이름만 말해도 눈물을 글썽였어. 난 여자란다, 얘야. 결국엔 담빠르는 누가 자신 앞에서 그의 이름만 말해도 화를 버럭 냈지만 난 그 애의 감정을 너무나 잘 알 수 있었어."

"담빠르는 다른 사람이 자신의 감정을 아는 걸 원치 않았나 봐요."

"그래, 그것이 그 애의 약점이었지. 허풍도 많고 꿈도 많고 늘 누구누구가 자신을 사랑한다고 고백했는데 자신이 거절했다는 둥 그런 거짓말을 하곤 했단다."

"불쌍한 사람이네요."

"그래."

"이 세상에 자신을 치료할 사람은 자기 자신밖에 없었는데요. 다른 사람이 아니라…."

"이상한 꿈을 가지고 있었기 때문에 결국 그 애는 그렇게 죽은 거란다."

"삶은 참 놀라워요. 그렇지 않아요, 선생님?"

"그래. 맞다, 얘야. 그래서 넌 사람들의 경험으로부터 배워야 한단다. 절대 현실에서 도망치려 하지 말거라. 모든 것에 용기 있게 맞서라. 모든 사람은 각자의 인생에서 의미 있는 사건들을 가지고 있단다."

"저도 그걸 믿어요, 선생님."

***

그처럼 긴 이야기를 하고 일주일 뒤에 루 깜브렌은 세상을 떠났다. 깜브렌의 시체는 부패한 상태로 그녀의 작은 방에서 발견되었다. 의료진들은 깜브렌이 심장마비로 죽었으며 발견되었을 때에는 이미 죽은 지 삼 일이나 지났다고 말했다.

뜰라가는 깜브렌 선생님의 집을 진작 찾아가지 않았던 것을 후회했다. 여기저기서 춤을 추어 달라는 부탁이 들어와서 너무나 바빠 선생님의 집에 갈 틈이 없었다. 뜰라가가 참석해야 하는 종교 예식이 끝도 없었다.

깜브렌 선생님은 예술 역사서에 이름이 오를 만한 발리 여성이었다. 하지만 선생님이 춤을 위해 바쳤던 헌신에 비해 그 보상은 너무나 보잘것없었다. 뜰라가는 이 지저분하고 냄새나는 방에서 평생 독신으로 살아온 선생님이 했던 말을 떠올렸다.

"선생님은 예술상을 많이 받으셨죠?"

"그래."

"좋으시겠네요."

"하나도 기쁘지 않아."

"이상하네요."

"내가 받은 모든 상엔 상금이 한 푼도 없었다."

뜰라가는 여전히 고운 선생님의 얼굴을 응시했다. 삶은 마치 깜브렌에게서 어떤 색도 빛바래지 않게 한 듯하다.

"선생님, 돈이 필요하세요?"

"당연하지. 먹고살아야 하잖니. 난 이미 늙은 데다 가족도 없어. 내 재산이라고는 그저 이 작은 방 하나뿐이지. 땅이라 해봤자 고작 한 에이커에 불과하다. 이걸 가지고 겨우겨우 연명해나갈 뿐이란다."

"선생님은 선생님이 살아온 삶의 역사를 존중하지 않는군요."
"역사?"

"선생님이 그러셨잖아요, 삶의 역사는 존중 받을 가치가 있다고요."

"아직도 그 생각엔 변함이 없단다. 난 자카르타에 가보길 원한 적도 주지사와 인사 나누길 원한 적 없다. 그저 그렇게 십만 루피아나 이십만 루피아만 받아서 뭐에 쓰겠니? 내가 받은 이름도 모르는 저 상들이 내 노년을 책임져 줄 거라 착각한 적이 있었지. 그러나 현실은 그렇지 않았다. 예전엔 상을 받게 되면 잘 간직했지. 하지만 그것이 내가 원한 대가를 가지고 오지 않는다는 것을 알게 된 이후로, 난 상장들을 여기저기 구멍 난 천장 메우는 데 사용한다. 상장의 틀은 새는 지붕을 막는 데 쓰지. 어느 누구 하나 나의 곤궁함을 알아주는 사람이 없다. 내가 많은 걸 바라는 게 아냐. 내가 거지도 아니잖니. 예전엔 거의 매일 글을 쓰는 작가들이 날 찾아오곤 했다. 난 그들을 접대할 음료를 내놓기에 바빴어. 하지만 그들은 자신들이 원하는 것을 얻고는 다시 나타나지 않더구나. 나에게 그런 짓을 하다니…. 그들 중 나의 전기를 쓴 몇 명의 작가들은 나에 대한 책을 써서 큰돈을 벌고 자리를 잡았다고 들었다. 이름이 뭔지도 까먹었어. 내가 그들의 책에 어떻게 써져 있는지도 난 모른다."

"그렇게 말씀하지 마세요, 선생님."

"이게 현실이다. 난 역사가 되길 바란 적이 없어. 이 발리 땅에 빛을 비추는 사람으로 기억되길 바란 적도 없다. 내게 필요한 건 그게 아니야."

"그럼 선생님께서 바라시는 게 뭔데요?"

"난 그저 사람들이 내가 이 땅을 위해 한 일을 존중해주길 바란단다."

"모든 사람들이 그걸 알아요, 선생님."

"그럴지도 모르지."

선생님은 더 이상 자기 자신에 대해서 말하고 싶어 하지 않는 눈치였다.

"우기가 되면 물이 온 방 안으로 들어온단다. 그러면 여간 괴로운 게 아냐. 자연마저도 이제 나에게 등을 돌리는 듯하구나. 아마도 이 세상은 주름살이 늘어가는 날 미워하는 게지. 온 우주도 늙은이들을 싫어하는 게야."

깜브렌은 자신의 가슴팍을 열어 젖혔다.

"보이니? 이제 모두 사라져 버렸다. 더 이상 생기라곤 없어!"

뜰라가는 한숨을 내쉬었다.

루 깜브렌의 장례식은 검소했다. 일체의 장례식 비용은 뜰라가 엄마가 지불했다. 엄마는 마치 환상에 빠져 있는 듯했다. 엄마는 장례식을 끝까지 지켜보았다. 불길이 깜브렌의 몸을 집어삼키는 것을 몸을 꼿꼿이 세우고 바라보았다. 엄마는 하늘을 향해 높이 치솟는 연기와 대화라도 하는 것처럼 보였다.

***

하루하루가 숨이 막혔다. 뜰라가에게 오는 초대장이 끊임없었다. 매일매일 귀족 사원들에 가야 했다. 할머니가 돌아가시고 난 뒤에는 엄마가 집안에서 가장 바쁜 사람이었다. 엄마는 너무나도 독단적이었다. 엄마의 눈에 진리인 것만이 진리였다.

"사누르에 있는 귀족 사원의 결혼식에 갈 준비는 다 한 거니? 제대로 잘 차려 입었는지 엄마가 좀 보자꾸나."

엄마는 뜰라가의 얼굴을 진지하게 쳐다보았다.

"왜 말이 없는 거니?"

"제 맘대로 옷도 못 고르는 건가요?"

"네 취향이 별로잖니."

"엄마…."

"대들지 말거라. 엄마 말 들어."

"전 매일매일 엄마 말을 듣는다고요."

"한 번도 내게 대들지 않았던 것처럼 말하는구나."

"엄마, 그 블라우스는 싫어요. 너무 차려 입은 티가 난다고요."

"그냥 입거라. 어떤 사람들이 초대받았는지 아니?"

"장관의 아들이 오나요? 아니면 신의 아들?"

"그렇게 비꼬지 말거라. 제 자식을 해롭게 하는 어미는 없는 법이다."

"엄마 또 화나셨군요."

"널 다루기가 점점 힘들어지는구나."

"전 어린아이가 아니에요, 엄마."

"어린아이가 아니니까 엄마랑 더 잘 얘기가 통해야 하지 않겠니?"

"엄마…."

"왜, 또 뭐?"

"사누르에 안 가면 안 돼요?"

"뭐라고?"

"사누르에 따라가고 싶지 않아요."

"그게 무슨 말이니? 점점 이상하게 구는구나. 매일 춤만 추지 않나, 집을 나가서 한밤중에 들어오질 않나. 대체 네가 원하는 게 뭐냐? 이 집이 널 행복하게 해주지 않는 거니?"

"몰라요, 엄마."

"엄마를 실망시키지 말거라."

"전 엄마를 실망시켜 드린 적이 없어요. 엄마 혼자 일을 부풀리는 거라고요."

"대체 무슨 일이 있는 게냐? 엄마가 즐겁게 사는 걸 바라지 않니?"

뜰라가는 아무 말도 하지 않았다. 엄마가 그처럼 동정을 바라는 시선으로 말을 할 때면 뜰라가가 긴 얘기를 해봤자 아무 소용이 없었다. 엄마는 틀림없이 눈물을 흘릴 테고 가슴을 치며 이렇게 말할 것이 분명했다.

"오, 신이시여. 제 몸속에 대체 무슨 죄가 있다는 건가요?"

엄마는 그 말만 해댈 것이다. 그리곤 하루 내내 식모가 차린 밥상을 거들떠도 보지 않을 것이다. 방에만 틀어 박혀서 뜰라가가 대체 뭘 해야 할지도 모르게 만들 것이다. 뜰라가에게 있어 루스까르는 고집불통의 여자였다. 엄마는 원하는 것은 뭐든지, 죽음의 대가를 치러서라도 성취해야 했다. 엄마의 뜻을 꺾을 수 있는 사람은 아무도 없었다.

뜰라가는 엄마의 바람들을 꺾을 수 있을 만큼 성인이 되었다. 그러나 엄마는 하루하루가 다르게 그녀를 옭아매고 있었다. 엄마는 뜰라가가 스스로의 삶에 대해 혼자 생각하도록 내버려 두질 않았다. 무엇을 하든 엄마의 감독 아래에서 해야 했으며 엄마가 바라는 대로여야 했다.

그러나 뜰라가에게 엄마가 들어올 수 없는 세상이 있었다. 뜰라가는 춤을 추는 그룹에 들어갔다. 춤을 추는 그룹에 들어간 이상 그룹이 요구하는 조건들을 다 따라야 했다. 뜰라가는 그룹에서 춤을 추라고 할 때는 언제든지, 반드시 춤을 추어야 했다. 춤 그룹에 있는 그 누군가가 뜰라가를 살아있게 만드는 또 다른 우주라는 것을 어느 누구도 알지 못했다. 그 우주는 와얀 사스미따였다. 그는 미대에 다니고 있었으며 마지막 학기였다. 작품도 무척 많았고 해외에서 전시회도 많이 열었다. 뜰라가는 어렸을 때부터 그를 좋아했다.

와얀 사스미따에게는 뜰라가와 동갑인 동생이 있었다. 동생의 이름은 루 사드리였다. 그는 엄마와 함께 살고 있었는데 그의 엄마는 체격이 매우 컸다. 그의 엄마는 찹쌀로 만든 과자를 팔아 아들의 학비를 댔다. 그 과자는 모든 제사에 오르는 것이어서 장사가 잘 되었다. 매일 아침 와얀의 엄마는 찹쌀을 빻았고, 와얀은 찹쌀을 곱게 갈았으며 사드리는 그것을 햇볕에 말렸다. 와얀의 가족은 매우 가난했다.

뜰라가는 그때가 자신이 열다섯 살이었던 것으로 기억했다. 한 남자아이가 뜰라가의 집 앞 테라스에 쪼그리고 앉아 있었다. 옷차림은 엉망이었으며 더러웠고 몸은 제대로 보살핌을 받지 않은 티가 역력했다. 뜰라가가 집에서 나오자마자 그 남자아이는 곁에 와서 예의를 갖추며 인사했다. 그리고는 엄마가 주문한 찹쌀과자 꾸러미를 뜰라가에게 건넸다.

그때부터 뜰라가는 예전에 할머니가 자신에게 말씀해주셨던 남자를 만난 기분이 들었다.

"후에 넌 한 남자를 알게 될 것이다. 그러면 넌 스스로에게 물어 보아야 한다. 네가 사랑하기에 적합한 남자인가를 말이다. 그에 대한 네 감정이 정말 어떤 것인지 또한 물어야 한다. 감탄하는 것과 사랑하는 것을 구별할 줄 알아야 한다. 그저 네가 의지할 대상으로 남자를 선택하는 짓을 해서는 안 된다."

할머니의 말은 사실이었다. 그리고 뜰라가는 자신이 할머니가 지닌 진실과는 약간 색채가 다른 진실을 가지고 있음을 느꼈다. 뜰라가는 와얀 사스미따와 함께 성장했다. 와얀은 종종 이다 바구스 꺼뚜 삐다나를 만나기 위해 사원에 오곤 했다. 뜰라가는 그를 '할아버지'라 불렀다. 뜰라가는 와얀이 몇 시에 집에 돌아가는지 기억하고 있었다. 아침이면 뜰라가는 일부러 제사상 차리는 임무를 자처했다. 제사상을 차리려면 꺼뚜 할아버지 집 앞을 지나가야 했기 때문이다. 그러면 할아버지는 잠깐 들르라고 뜰라가를 불렀다.

"뜰라가, 내가 그린 새 작품을 보고 싶지 않으냐?"

"새 그림을 그리셨어요?"

"그래. 보고 싶은 게냐?"

"그럼요!"

뜰라가의 대답은 소리 지르는 것에 가까웠다. 와얀과 눈이 마주칠 때면 뜰라가의 몸이 떨려왔다. 와얀은 뜰라가에게 예의를 갖추어 인사했다. 그리고 나선 고개를 다시 숙이고 그림 도구를 챙기느라 바빴다.

"와얀도 좋은 그림을 그렸단다. 와얀은 큰 재능을 가지고 있다. 나중에 난 너희 둘을 그려보고 싶구나."

"왜요?"

뜰라가가 소리쳤다. 뜰라가의 큰 눈이 불안해 보였다.

할아버지가 나와 와얀을 그리신다고? 간밤에 무슨 꿈을 꾸었기에 와얀의 사진이라도 가지고 싶어 하던 내 소원을 신이 들어주시는 걸까? 귀족 사원에서 가장 이상한 사람이라는 꺼뚜 할아버지가 우릴 그리신다고? 게다가 꺼뚜 할아버지는 우리 둘이 올렉춤 추는 걸 그리시겠다고 한다. 그 춤은 모든 감정을 쏟아부어야 하는 춤이며 남녀 간 욕망의 몸짓이 가득한 사랑의 춤이다. 와얀이 고개를 쳐들자 뜰라가의 몸은 전율했다. 그의 손에 있던 물감이 캔버스로 쏟아질 뻔했다. 뜰라가는 분명 이 남자도 놀랐다는 것을 확신했다.

어렸을 때부터 와얀은 하인이 되어야 한다는 교육을 받아왔다. 그래서 그는 늘 고개를 숙이고 있었다. 말할 때 상대방의 얼굴을 똑바로 쳐다본 적이 거의 없었다. 운 좋게도 와얀은 귀족 사원에서 가장 나이가 많은 꺼뚜 할아버지의 총애를 받고 있었다. 그래서 귀족 사원 사람들은 감히 와얀을 함부로 대하지 못했다. 그것이 사원에 있는 다른 수드라 사람들과 그의 차이점이었다. 하인 치고 와얀은 너무 당당하고 위엄 있어 보였다.

"이 아이는 내 양자와 마찬가지라네. 어느 누구도 이 애를 괴롭혀서는 안 돼. 와얀은 날 도와주고 내게 그림을 배우려고 사원에 있는 걸세. 이 애는 탁월한 재능이 있는 아이야!"

꺼뚜 할아버지의 목소리는 마치 명령에 가까웠다. 사원에서 감히 꺼뚜 할아버지의 말을 거스르는 사람은 없었다. 모두 그 말을 듣고 조용했다. 사원에서 최고의 연장자인 그에게 감히 대항하려는 사람은 없었던 것이다. 사람들은 꺼뚜 할아버지가 신비한 힘을 가지고 있다고 했다. 그에게 대항하는 사람은 반드시 병에 걸린다는 것이다. 그 병을 낫게 할 약은 세상 어느 곳에도 없으며, 반드시 그에게 사죄를 하거나 그가 직접 만든 약을 먹어야만 병이 낫는다고 했다.

귀족 사원 사람들이 쑥덕거리는 말들 중에 뜰라가가 도무지 믿을 수 없는 이야기가 하나 있었다. 와얀이 꺼뚜 할아버지의 친자식이라는 것이다. 예전에 사원에는 수드라 여성과 결혼하는 브라만 남성이 한 명도 없었다. 엄격히 금했기 때문이다. 그리고 수드라 여성도 브라만 남성과 결혼하기를 꺼려했다. 남편의 생활 방식에 적응하지 못할 것이 두려웠기 때문이었다. 무엇이 진실인지 뜰라가로서는 알 수가 없었다. 다만 뜰라가가 꺼뚜 할아버지와 와얀이 함께 차 마시는 것을 종종 훔쳐볼 때가 있었다. 그때 그녀가 목격한 것은 정말 이상한 장면이었다. 두 사람은 마치 아버지와 아들같이 서로 애틋하게 사랑하는 것처럼 보였다.

"왜 아까부터 거기서 말도 없이 서있는 게냐? 차를 마시고 싶으냐?"

"아니에요, 할아버지. 전 제사 음식 만드는 법을 배워야 해요. 좀 이따가 엄마가 가르쳐 주신댔어요."

"언제 여유로운 시간이 있느냐?"

"보통은 점심때에 한가해요."

"네 엄마에게 내일 좀 뵙자고 전하거라."

"왜요?"

"널 잠시 빌리려고 그런다."

"절 빌리신다고요?"

"그래."

"무슨 일로요, 할아버지?"

뜰라가가 눈을 동그랗게 떴다.

"너랑 와얀을 그리려고 해. 괜찮겠니?"

뜰라가는 말이 없었다. 그녀의 볼이 붉게 물들었다. 꺼뚜 할아버지는 그런 뜰라가를 날카롭게 바라보았다. 그리고 그는 깨달았다. 어느 씨앗 하나가 뜰라가의 몸속에 심어졌다는 것을. 그는 마치 자신의 지난날을 보는 것 같았다.

젊었을 때 그는 한 수드라 여성을 사랑했으나 그녀는 그와 결혼하길 원치 않았다. 그녀는 평범한 보통 여인이었다.

"저랑 결혼할 생각일랑은 절대 하지 마세요. 옳지 않아요. 저는 이 사랑을 저 혼자만 간직하겠어요. 저는 귀족 사원 남자의 아내가 되고 싶지 않아요. 당신을 보는 것만으로도 충분히 살아갈 수 있어요."

그녀는 꺼뚜가 보통 남자가 아니라는 것을 잘 알고 있었기 때문에 진지하게 말했다. 꺼뚜는 사실 동성애자로 수드라 계급의 남자 애인을 가지고 있었다. 그녀는 꺼뚜를 너무나도 사랑했기 때문에 꺼뚜의 애인과 결혼했다. 그리고 두 명의 자식을 낳았다. 그들이 바로 와얀 사스미따와 루 사드리였다.

"할아버지 딴생각을 하시는군요!"

"아니다, 애야. 그저 널 보고 있는 게 즐겁구나. 넌 틀림없이 내 그림의 가장 아름다운 모델이 될 것이야."

"할아버지도 참⋯."

뜰라가는 샐쭉하게 말했다.

"벌써 가려고?"

"네, 제사상 차리려고요."

"와얀한테는 간다는 인사도 하지 않는 게냐?"

꺼뚜 할아버지는 미소를 지었다.

"안녕, 와얀 오빠. 나 갈게."

뜰라가는 천천히 말하고 꺼뚜 할아버지에게 꾸벅 인사를 했다. 꺼뚜 할아버지는 뜰라가가 골목 끝으로 사라질 때까지 그녀의 뒷모습을 바라보았다.

"뜰라가를 어떻게 생각하느냐, 와얀?"

"무슨 의미이신지⋯."

"정말 예쁘지 않니? 네 생각에는 뜰라가가 내 그림에 영감을 줄 수 있을 것 같으냐?"

꺼뚜 할아버지는 살며시 미끼를 던졌다. 평소처럼 와얀은 오직 고개만 숙이고 있었다.

"바쁜 척하지 말거라."

꺼뚜 할아버지가 이번에는 놀리기 시작했다. 와얀은 캔버스에 색칠하던 손을 멈추었다.

"네 생각에 뜰라가가 예쁘냐?"

"어르신, 왜 그런 질문을 하십니까?"

"난 그저 저 여자아이에 대한 네 생각을 듣고 싶을 뿐이다."

"어르신께서는 뜰라가가 예쁘다고 생각하십니까?"

"내가 질문했지 않느냐?"

"이 귀족 사원에 있는 모든 여성들이 다 아름답습니다."

와얀은 천천히 말했다.

"주름살이 지기 시작한 뜰라가의 어미도 포함해서?"

꺼뚜 할아버지의 목소리는 놀림에 가까웠다. 와얀이 대답하지 못하자 그는 껄껄 웃었다.

꺼뚜 할아버지가 자신이 던진 질문에 대해 잊어버린 것처럼 보이자 와얀은 스스로를 질책했다.

'거짓말하지 마. 네 나이 벌써 스무 살이야. 그리고 네 마음속엔 뜰라가밖에 없잖아. 어렸을 때부터 지금까지. 넌 그녀가 창문 여는 것을 보기 위해 일부러 그녀의 집 앞을 지나가곤 했잖아. 그녀의 미소만 바라보아도 넌 살아 있음을 느끼고 네가 이젠 성인 남자가 되었다는 걸 깨닫고 있지. 그리고 그녀를 소유하는 것이 옳지 못하다는 걸 잘 알고 있고….'

와얀은 스스로에게 말했다. 그는 자신이 뜰라가를 가질 수 없다는 것을 잘 알고 있었다. 그녀를 만질 수 있다는 것만 해도 그것은 축복이었다.

마을에 행사가 있을 때마다 와얀과 뜰라가는 항상 함께 춤을 추었다. 그럴 때면 와얀은 온몸에서 에너지가 격렬히 흐르는 듯한 느낌이 들었다. 대체 어디서 그런 대담함이 나오는 것일까. 뜰라가와 함께라면 삶은 더욱더 선명한 색채를 지니는 듯했다. 뜰라가 때문에 춤을 출 때에는 그림을 그릴 때만큼 집중할 수가 없었다. 뜰라가와 마주하게 되면 와얀은 늘 긴장했다.

어느 날 급기야 뜰라가가 놀리는 듯 와얀에게 물었다.

"오빠는 내게 거의 말을 거는 법이 없더라. 무슨 일 있어, 와얀 오빠?"

"아니, 아무 일도 없어."

"아까부터 말이 없던걸. 불안해 보여."

"난 늘 이렇지 뭐."

"평소 같지 않아. 오빠와 난 항상 함께 춤을 추잖아. 우리가 함께 춤을 춘 지가 벌써 몇 년인데. 오빠는 내게 마음을 열지 않더라."

와얀은 찬찬히 뜰라가를 쳐다보았다. 그는 진짜 뜰라가가 자신의 불안함과 두려움을 눈치채고 있을 만큼 자신을 관심 있게 지켜보는지 확인하고 싶었다.

"넌 우리 가족에게 너무나 잘해."

마침내 그의 입에서 나온 말이었다. 와얀이 그 말을 하려던 것이 아니라는 것을 잘 알고 있었다. 뜰라가는 앞에 서 있는 와얀을 뚫어지게 응시했다.

"오빠, 나만 오빠 가족에게 잘하는 게 아니야."

"그래도 네가 제일 잘해."

"그거야 오빠 여동생 사드리가 내 친구니까."

"우리 어머니는 널 참 좋아하셔."

"오빠 어머니는 참 좋은 분이셔. 우리 엄마, 우리 할아버지, 그리고 꺼뚜 할아버지도 오빠 엄마한테 잘하시잖아."

"그게 아니라…."

"무슨 말인지 알아."

"내가 뭐 좀 말해도 될까?"

"오빠, 오빠는 날 친구처럼 대하잖아. 그런데 왜 그런 허락을 구해?"

"꺼뚜 어르신이 하신 말씀 들었니?"

"무슨 말씀?"

"너 아직 못 들었구나."

"응."

"정말?"

"오빠 지금 장난치는 거야?"

"아니."

"무슨 말씀을 하셨는데?"

"너랑 날 데리고 일본에 가신대."

"어딜 간다고?"

"일본에!"

"오빠 지금 농담하는 거 아냐?"

"아냐. 진지해."

와얀의 눈이 뜰라가를 응시했다. 그는 자신의 눈이 보내는 신호를 뜰라가가 알아차려 주길 간절히 바랐다.

뜰라가는 아무 말이 없었다.

"넌 싫은 거니?"

"그게 아냐."

"뭐 두려운 것이라도 있어?"

"우리 엄마."

와얀도 말이 없었다. 뜰라가의 엄마는 와얀에게도 두려운 사람이었다. 그는 어머니의 이야기를 떠올렸다. 어머니는 뜰라가의 엄마가 미쳤다고 했다. 존경 받는 귀족 여자가 되기 위해 어떤 미친 짓도 다 한 여자라고 했다. 그녀가 가진 비범한 아름다움이 그녀로 하여금 원하는 것은 무엇이든 얻을 수 있게 만들어 주었다고 했다.

"내가 따라가는 걸 엄마는 틀림없이 반대하실 거야."

"알아. 나도 꺼뚜 어르신도 잘 알아."

그들의 대화는 더 이상 길게 이어질 수가 없었다. 그날 밤 뜰라가와 와얀은 함께 무대에서 춤을 추었다. 그들의 춤에는 힘이 없었다. 그들의 눈은 차갑고 공허했다.

"오빠는 마치 시체처럼 춤을 추더라."

"지쳐서 그래."

"뜰라가 너도 그래. 왜 그리 슬퍼 보이니?"

"그냥 문제가 많아."

"우리 오빠가 너한테 뭘 잘못했구나."

"네 오빠랑은 상관없는 일이야."

"참 이상하네."

루 사드리는 시무룩해하면서 뜰라가에게 다가갔다.

"우리 오빠가 일본 간다는 소식 들었어?"

"아니."

뜰라가는 거짓말을 했다. 그러자 사드리는 오빠의 전시회가 성황리에 끝나게 될 경우 자신이 바라는 모든 것을 줄줄이 이야기했다. 사드리는 자신만의 방을 갖게 될 꿈을 꾸고 있었다. 깨끗한 방 그리고 꽃이 가득한 정원을 가지게 될 꿈을 꾸고 있었다.

"우리 집 정원을 잘 가꿀 거야. 이제 더 이상 우리 식구들은 세끼 끼니 걱정 따위는 하지 않겠지. 예쁜 옷도 사 입어야. 듣기만 해도 신나지 않니?"

"그러네."

와얀 오빠가 일본으로 전시회를 하러 간다는 말을 듣자 뜰라가는 몸 안에 무언가 쿵 내려앉는 느낌이었다. 뜰라가는 그 남자를 잃어버리게 될까 봐 두려웠다. 뜰라가에겐 화가 친구들이 많았다. 모두 해외에서 전시회를 한 후 돈만 벌어 온 것이 아니라 서양 여자까지 데리고 왔다. 뜰라가는 와얀이 가버리는 것을 그저 넋 놓고 바라보고 싶지 않았다. 하지만 와얀에게 있어 더없이 좋은 기회라는 걸 잘 알고 있었다. 사원의 모든 여성들이 사모하는 와얀은 틀림없이 좋은 화가가 될 것이 분명했다. 꺼뚜 할아버지는 와얀의 그림이 매우 독특하다며 늘 와얀의 그림을 칭찬했다. 할아버지는 와얀의 그림이 피카소의 명성까지 꺾을 수 있다고 말씀하신 적이 있다. 피카소가 누구람? 뜰라가는 할아버지의 말을 이해하지 못했다. 다만 자신과 와얀의 눈이 만나고 있는 그림을 빼면 세상에서 가장 아름다운 그림은 없었다. 이 세상 모든 언어와 색채가 거기에 머물러 있었다. 그들의 시선을 가로막는 것을 모두 먹어 치우려는 그들만의 언어가 그곳에 있었다.

뜰라가는 소름이 돋았다. 그때 엄마가 큰 소리를 내셨다.

"너 대체 무슨 일이 있는 게냐? 날이 갈수록 도무지 의욕이 없어 보이는구나. 무슨 일이냐, 애야?"

"아무것도 아니에요."

"예전부터 엄마는 너와 뭐든 터놓고 지냈다. 엄마는 네가 나와 모든 감정을 공유했으면 좋겠구나."

"대체 뭘 공유하자는 말씀이세요? 전 아무렇지도 않다고요. 그저 머리가 좀 아파요. 제발 절 억지로 사누르 사원에 데려가려 하지 마세요, 엄마."

뜰라가는 날카롭게 엄마의 눈을 쳐다보았다. 엄마가 자신의 눈 속에 있는 불안함을 알아채주길 바랐다.

"안 돼. 넌 반드시 가야 한다!"

"엄마, 제발 이번만요."

"이건 미래가 달린 문제야. 인생에 대한 문제라고. 엄마 마음 좀 이해해주렴. 모든 남자들이 너와 가까워지고 싶어 안달이 나있

다. 그런데 넌 매번 거절만 하는구나. 대체 무슨 일이 있는 거니,
애야?"

"정말 아무 일도 없어요. 그냥 사누르에 가고 싶지 않을 뿐이
에요. 엄마가 그렇게 화를 내니까 머리가 더 아파요. 엄마, 전
좀 쉬고 싶어요. 왜 제 말은 들으려고 하지 않아요?"

"그건 미래가 달린 문제야."

"그 말씀은 수백 번도 더 하셨어요. 다른 말씀은 없어요, 엄
마?"

"대체 내 딸에게 무슨 일이 생긴 건지 알 수가 없구나. 우리
사이에 갑자기 거리가 생긴 것 같아."

"과장하지 마세요."

"엄마는 너보다 훨씬 더 오래 인생을 살았단다."

"그럼 지금 제가 어떤 느낌인지 잘 아시겠네요. 한번 말해보세
요, 제 기분이 어떤지."

"지금은 그럴 때가 아니야. 나중에 언젠가 엄마가 다 말해
줄게."

엄마는 도통 져주는 법이 없었다. 엄마 생각에 옳은 일은 반드
시 다른 사람에게도 옳은 일이어야 했다.

뜰라가는 엄마와 마주하고 있는 것이 너무나도 피곤했다.

언젠가 한번 엄마가 이다 바구스 아드야나를 초대해서 뜰라
가의 방으로 그를 들여보냈다. 엄마는 정말이지 이상하다. 우붓과
꾸따 해변에 수십 개의 숙박업소를 가지고 있는 그 남자와 자신이

무엇을 하기를 바라는 것인지 알 길이 없었다. 왜 엄마 자신이 그 남자와 결혼을 하지 않을까. 그 남자는 뜰라가의 가장 친한 친구를 임신시키고도 친구가 수드라 여성이라는 이유만으로 책임도 지지 않은 남자였다. 대체 뭐라고 설득을 했는지 뜰라가의 친구도 그 남자에게 자신을 책임져 달라고, 자신과 결혼하라고 요구하지 않았다. 바보 같은 여자였다.

한참 후에 뜰라가가 그 친구를 다시 만났을 때, 그녀의 외모는 확 달라져 있었다. 더 예뻐졌고 짙은 화장을 하고 있었으며 자가용까지 가지고 있었다. 그녀만이 아니었다. 다른 희생양들도 많았다. 하지만 뜰라가가 그 사실을 말해봤자 엄마는 화만 내실 것이 분명하다. 뜰라가가 엄마의 기분을 망쳐놨다고 생각할 게 뻔했다.

제로 끄낭아는 바로 그런 사람이었다. 세상이 이미 달라졌다는 것을 절대로 이해하지 않으려 들었다. 자신이 진리라고 믿고 있는 것과 뜰라가가 스스로의 삶에서 찾고 있는 진리가 다를 수 있다는 것을 생각조차 하려 들지 않았다. 뜰라가가 그 남자와 외출하려 하지 않자 엄마는 노발대발했다.

"애야, 넌 진짜 바보 같구나. 그 남자가 너한테 홀딱 반해있다는 걸 모르겠니?"

"제 몸에 반했겠지요."

"애야!" 끄낭아는 소리를 지르며 곱지 않은 시선으로 뜰라가를 바라봤다.

"엄마가 대체 그 남자에 대해서 뭘 알아요?" 뜰라가는 엄마의 시선에 대항했다. 엄마가 억지로 그 남자와 외출시키려 하자 이번에는 맞서고야 말겠다는 용기를 낸 것이다. 그 남자가 엄마 앞에서는 온갖 아양을 다 떨며 뒤로는 뜰라가의 몸을 핥아먹는 것처럼 쳐다본다는 것을 잘 알고 있었다. 뜰라가의 몸을 남김없이 먹어치운 다음에는 하수구에 버리리라는 것도 잘 알고 있었다. 절대 안 돼! 그 남자는 내 머리카락 한 올조차 건드릴 수 없어!

"그 남자가 그렇게 좋으면 차라리 엄마가 그 남자와 외출하세요."

뜰라가는 방문을 꼭 닫아 버렸다. 그리고 거의 삼 일 동안 엄마와 아무 말도 하지 않고 지냈다.

이상한 것은 엄마가 절대 뜰라가의 마음을 헤아려본 적이 없다는 것이다. 엄마는 매일매일 다른 남자들을 내밀었다. 그리곤 그 남자들을 집으로 초대했다.

뜰라가와 끄낭아 사이에 긴장이 극에 오를 때면 끄낭아는 할아버지를 찾아갔다. 그들은 긴 이야기를 나누곤 했다. 할머니가 그처럼 이상한 방식으로 사랑했던 할아버지는 노년에 너무나도 달라졌다.

"네 자식에게 그처럼 강요해서는 안 된다, 끄낭아. 네가 내 며느리가 된 지 벌써 몇 해냐. 그동안 네 시어머니와 내 사이가 좋지 않았던 건 네가 봐서 알지 않느냐. 모든 것이 순식간에 내 눈앞에서 잘못되었다. 하지만 난 어떤 권한도 없었다. 내 의견을 말할 권리조차 없었지. 난 네 시어머니가 내 감정을 이해해주길 바라며 침묵을 택할 수밖에 없었다."

"아버님, 이건 다른 문제에요."

"내겐 아니다."

"전 아버님의 말씀을 이해할 수가 없어요."

"잘 들어라, 끄낭아. 물론 내 삶은 완벽과는 거리가 멀었다. 하지만 네가 나의 그런 삶에서라도 뭔가를 배울 수 있었으면 좋겠구나. 지위가 높은 여성의 남편이 된다는 것은 너무나 힘든 일이었다. 내게 능력이 있었다면 난 데릴사위가 되는 것을 선택하진 않았을 거다. 난 보통의 남자들이 가지고 있는 권리를 지니지 못했다. 내 아내가 날 선택한 것이었기 때문에 난 아내의 말이라면 뭐든 따라야 했어. 아내의 말이 곧 진리였다. 그러나 그건 내가 진정으로 원한 선택이 아니었다. 난 그저 살아야 했고 그래서 내 삶을 희생시켰던 것이란다."

할아버지의 말은 감정에 북받쳐 있었다. 눈은 칠흑 같은 밤처럼 어두웠다. 할아버지는 여전히 정정했다. 아직도 몸이 건장했다. 사람들의 말로는 할아버지가 할머니보다 열 살이나 아래였다고 한다.

"이건 다른 일이에요, 아버님. 뜰라가가 이상해지기 시작했어요. 날이 갈수록 그 애를 이해하기가 힘들어져요."

"그 애가 성장하도록 내버려 두어라, 끄낭아. 네가 해야 할 일은 그 애에게 충고가 필요할 때 그저 충고해주는 일뿐이란다. 네가 그 애를 통제하려 하면 할수록 그 애는 반항할 거야."

"그 애에게 뭔가 나쁜 일이 생길 것 같아요, 아버님. 그 애가 제가 꿈꾸던 대로 되지 않을까 봐 걱정이에요. 전 제 아이가 행복해졌으면 좋겠어요."

"그 애가 행복한지 아닌지 네가 어떻게 알 수 있는 게냐?"

"전 알아요. 그 애 엄마인걸요. 저는 그 애를 열 달이나 뱃속에 품고 있었던 어미에요."

"끄낭아, 너는 너의 잣대로 그 애의 행복을 재고 있단다."

"자식이 잘못되는 것을 보고만 있을 어미는 없어요, 아버님."

"나도 안다."

"아버님은 뜰라가 편을 드시는군요."

"그게 아니야. 그저 행복에 사회적 규범이 없다는 것을 네가 깨달아야 한다는 거야. 이상적인 기준이란 없다. 모든 사람들은 제각기 자신만의 경험에서 나오는 다양한 색채를 가지고 있단다. 네 삶을 채운 색채들과 네 딸의 삶을 채울 색채가 다르다는 것을 알아야 한다."

"제 딸이 제발 절 이해해 주었으면 좋겠어요."

"나도 안다, *끄낭아*."

"그 애를 앞에 두고 전 어떻게 해야 하는 걸까요? 저에 대한 분노로 가득 찬 그 애 얼굴을 마주하면 절망스럽고 슬프기만 해요."

"네가 원하는 남자들을 그 애에게 강요하지 말거라."

"그 애는 배우자를 택할 나이가 되었어요."

"그 애는 너와 다른 취향을 가졌단다."

"전 사회적 신분을 얻기 위해 결혼을 했어요, 아버님."

"나도 안다."

"아버님이 아신다고요?"

끄낭아는 눈을 크게 뜨고 시아버지를 쳐다봤다.

"예전부터 알고 있었단다."

"창피하네요, 아버님."

"무엇 때문에 창피한 게냐? 내 아들은 신성한 남자가 아니었다. 나 또한 신성한 아비가 아니었지. 내가 오히려 그 애보다 더 짐승 같았다."

"아버님, 그런 말씀 마세요."

"그게 사실이야, 끄낭아. 우리 가족은 행복한 가족이 아니었어. 물질적으로는 부족함이 없었지. 우리 모두는 밤보다 어두운 과거를 가지고 있다. 우린 이걸 인정해야만 해. 우리는 잘못을 바로잡고 우리 자신에게 솔직해져야 한다. 자기 자신에게 솔직하지도 못하면서 남에게 충고를 하려 해선 안 되는 거야."

"뜰라가는 제 딸이에요. 제가 제 딸에게 가장 좋은 것을 주고 싶어 하는 게 잘못인가요?"

"제일 좋은 것이라 했니?"

"네."

"그 애가 원하는 게 뭔지 물어본 적이 있느냐?"

끄낭아는 말이 없었다.

"난 살아오며 수많은 잘못을 저질렀다. 종종 난 이런 생각을 한단다. 더 행복하고 평온한 삶을 살기 위해 그동안 내가 저지른 잘못을 어떻게 만회해야 할까…. 난 내가 원하는 것이 대체 뭔지도 모를 때가 종종 있다. 그럴 때면 난 내 자신이 세상에서 가장 바보 같은 남자라는 생각이 든다. 자신의 삶을 위해 무엇도 해본 적이 없는 사람처럼 생각되지."

"저도 지금 그래요. 하지만 제겐 책임이 있어요. 뜰라가를 반드시 적당한 남자와 혼인시키고 그 애의 결혼식을 제 눈으로 직접 봐야만 해요. 그 애는 저를 위해 좋은 손주를 낳아 줄 거예요. 전 그 애가 바라는 거라면 뭐든지 주겠어요. 그 애가 제 목숨을 바란다면 목숨이라도 줄 거예요."

"그게 바로 이기심이라는 것이다. 그 애가 뭘 하든지 그냥 내버려두어라. 난 그 애가 자기 자신을 위해 가장 좋은 것을 하리라 믿는다. 네 불안은 오히려 삶을 더 두렵게 만들 뿐이다."

"그럼 제가 어떻게 해야 할까요, 아버님?"

"신은 모든 창조물에게 각자의 역할을 주신단다. 신은 자신이 만든 창조물의 능력에 대해서 잘 알고 계신다. 그걸 깨달아야 한다, 끄낭아. 안타깝게도 난 그걸 너무 늦게 깨달았다. 결혼을 하자마자 그걸 깨달았다면 내 자식이 그런 죽음을 맞이하지는 않았을 텐데. 가슴이 아프구나, 끄낭아. 젊은 나이에 내 아들은 그렇게 만신창이가 되어 창녀촌에서…."

할아버지의 말이 허공을 맴돌고 있었다.

엄마는 할아버지의 말씀을 듣고도 여전히 성이 차지 않았다. 뜰라가는 지쳤다. 대체 언제 엄마는 그녀의 감정을 이해해줄까.

***

와얀이 일본에서 돌아왔다. 와얀은 머리를 길게 기르고 있었다. 거의 일 년 동안 일본에 있으면서 와얀은 더 성숙해진 모습이었다.

"너도 알지, 뜰라가? 와얀이 돌아왔어. 더 멋있어졌더라. 그의 몸만 봐도 전기가 흐르는 것 같아. 그 수드라 남자의 체취는 브라만 남자의 체취보다 훨씬 더 욕망을 들끓게 만드는 것 같아."

이다 아유 꺼뜻의 목소리가 천천히 들렸다. 동그란 그녀의 눈은 점점 더 매력적으로 변했다.

"너 그 남자 만져봤지?"

이다 아유 마데가 물었다.

"쓸데없는 말 하지 마."

"틀림없이 그 남자를 만져봤을걸."

"아니야."

"거짓말!"

"진짜야!"

"그럼 네 얼굴이 왜 빨개지니? 자, 어서 말해! 너희 집에 절대 말하지 않을게."

이다 아유 꺼뜻은 말이 없었다.

"얘기 좀 해줘. 우리도 수드라 남자와 몸이 닿으면 어떤 느낌 인지 좀 알자."

"놀리지 마. 넌 와얀과 몸이 닿도록 일부러 넘어진 적도 있잖 아. 자, 그러니 네가 한번 말해봐. 난 네가 마을 사원에서 한 짓을 알고 있어."

이번엔 이다 아유 마데가 말이 없었다. 뜰라가는 긴 숨을 내쉬 었다. 귀족 사원의 거의 모든 여자들이 다 와얀에게 빠져 있었다. 자신을 포함해서. 다른 여자들이 와얀과 몸이 맞닿았던 경험을 털어놓을 때 뜰라가는 가슴이 아팠다. 와얀은 그녀가 어렸을 때부 터 좋아해온 남자였다. 그리고 지금 이 순간까지 그에 대한 사랑 은 전혀 줄어들지 않았다. 줄어들기는커녕 오히려 날이 갈수록 그에 대한 사랑이 커져 갔다. 와얀에 대한 사랑으로 뜰라가는 폭발할 것만 같았다. 그에 대한 그리움이 정수리까지 차올랐다. 온몸의 강과 바다에 그에 대한 그리움이 가득 흘렀다.

"뜰라가, 너 딴생각하는구나. 혹시 그 남자와 입이라도 맞춘 거 아니야?"

"쓸데없는 소리 마."

"화났어? 봐, 마데. 뜰라가의 볼이 빨개졌어. 생각해보니 뜰라 가는 항상 와얀과 춤을 추니 몸과 시선이 맞닿을 게 아니니. 사실 와얀의 눈 때문에 나는 밤을 잃어버렸어. 나의 밤은 와얀의 눈으 로 가득 차 있으니 난 다시는 밤을 볼 수 없을 거야!"

꺼뚱이 낄낄거리며 웃었다. 그리곤 뜰라가의 볼을 꼬집었다.

"넌 우리 사원에서 가장 아름다운 귀족의 딸이야. 그 남자의 몸 냄새를 그처럼 완벽하게 맡을 수 있다는 걸 감사하게 생각해. 나랑 마데한테 솔직히 말해봐. 그 느낌이 어때?"

꺼뚱이 이번엔 진지해 보였다.

"자, 어서…. 뜰라가."

마데가 부추겼다.

뜰라가는 말없이 있었다.

"너 우리한테 창피한 거야? 자, 꺼뚜 할아버지가 너와 와얀을 그렸을 때 얘기 좀 해봐. 그때 넌 와얀과 오랫동안 같이 있었잖아? 뜰라가, 어서 말해줘."

"너희들 정말 하다하다 별걸 다 한다. 난 아무 느낌 없었어."

"정말?"

꺼뚱이 믿지 못하겠다는 듯 뜰라가를 쳐다봤다.

"그래!"

뜰라가는 그들의 시선을 똑바로 마주했다.

"와…. 넌 역시 다르구나, 뜰라가. 근데 넌 약을 좀 먹어야겠다. 우리 사원의 모든 귀족 여자들이 열을 올리면서 와얀의 몸에 감탄을 해대는데 넌 아무 느낌이 없다니 그게 말이 되니?"

"그러게."

뜰라가는 천천히 말했다.

"그럼, 내가 와얀과 함께 있었을 때 어땠는지 말해 주겠어."

마데가 이야기를 시작했다.

마데는 사원으로 제사 음식을 나르다가 일부러 넘어졌다고 한다. 그녀는 와얀과 이야기하면서 같이 가고 싶었던 것이다. 그러자 이번엔 꺼뜻이 자신의 경험을 이야기했다. 사원의 층계에서 일부러 넘어져 와얀이 그녀를 업어다 주었다고 한다.

"대단했어. 난 일부러 그의 몸을 꽉 껴안았어. 무서워서 벌벌 떠는 척까지 했지. 그는 나를 업어다가 사원 밖에 있는 대나무 평상에 눕히더라. 그 남자가 날 내려놓을 때 우리 뺨까지 닿았다는 거 아니니. 휴, 대단했어. 멀쩡한 내가 병나겠더라고."

꺼뜻이 깔깔거리며 웃었다.

뜰라가는 아무 말이 없었다. 머릿속이 복잡했다.

"그러니까, 뜰라가, 너도 그렇게 얌전히 있지만 마. 나중에 그와 춤을 출 때 그의 살갗을 만져봐. 오늘 밤 그의 땀을 훔쳐서 담아올 수 있겠어? 내가 내일 아침에 가지러 올게."

마데의 말은 진심처럼 들렸다. 그러나 꺼뜻이 그녀의 몸을 만지자 표정이 장난스럽게 변했다. 둘은 낄낄거리며 웃었다. 그들의 웃음소리는 제로 끄낭아의 기침소리가 들리자 멈추었다.

엄마는 소리 내어 웃는 것을, 특히 여자아이들이 크게 웃는 것을 탐탁지 않게 여기셨다. 엄마 말씀에 따르면 귀족 여성은 반드시 규범을 지켜야 한다는 것이다.

"체면도 지키지 못하면서 어떻게 남들의 존경을 받겠느냐? 존경 받고 싶거든 그에 맞는 처신을 해야 한다."

엄마는 그 말을 수십 번도 더 했다.

뜰라가의 생각에는 순수 귀족 혈통을 지닌 여성보다 수드라인 엄마가 더 귀족스러움을 따지는 것 같았다.

"엄마 말을 명심하거라, 애야. 자존심을 지켜야 한다. 귀족이 된다는 것이 얼마나 호화스러운 것인지 보여주렴. 귀족이 된다는 것 자체만으로도 사람은 모든 호사를 다 얻을 수 있게 된다."

뜰라가가 맞서려 하면 엄마의 목소리는 점점 커졌다.

"그렇게 멍하니 딴생각만 하지 마, 뜰라가. 와얀과 아무 일 없이 지낸 걸 반드시 후회할걸. 사원의 온 여자들이 그의 몸을 만지고 싶어 하고 그의 땀을 훔쳐내고 싶어 한다는 걸 아니? 여자들 말로는 그의 땀이 밤에 자신들의 몸을 뜨겁게 한대. 아이를 둘이나 낳은 다유 불란은 남편과 잠자리를 할 때마다 와얀을 떠올린다잖니."

마데가 속삭였다. 뜰라가는 그녀를 흘겨보았다.

"거짓말이 아니야. 우리 언니가 직접 그렇게 말했다니까."

"대체 넌…."

뜰라가는 한숨을 내쉬었다.

"다유 불란은 내 친언니야. 우리 사이엔 비밀이 없어."

마데가 뜰라가를 확신시키려 했다.

와얀에 대한 이야기는 계속 되었다. 뜰라가는 그저 듣기만 했다. 뜰라가는 소문거리만 만들어내는 두 친구에게 어떤 말도 하고 싶지 않았다. 와얀에 대한 사랑은 혼자만 간직하고 싶었다.

와얀에 대한 사랑은 자신의 온몸을 휘어잡고 있었다. 와얀이 그리워질 때마다 뜰라가는 베개에 얼굴을 파묻었다. 그리고 실컷 울었다!

***

"정말 오랜만이야, 뜰라가. 널 보지 못해 뭔가를 잃어버린 기분이더라."

와얀의 목소리는 뜰라가를 놀라게 만들었다.

"제사 음식을 만드느라 바빠. 게다가 고대문학을 공부해야 해. 할아버지께서 가르쳐 주시거든."

뜰라가는 와얀의 얼굴을 바라볼 용기가 나지 않았다.

"더 예뻐졌구나. 청혼을 받았다는 소식을 들었어."

"누가 그래?"

"네 어머니께서 우리 어머니께 그러시던걸?"

"언제?"

"이틀 전에."

뜰라가는 아무 말도 하지 않았다. 엄마에게 너무나 화가 났다. 와얀의 어머니에게 그런 말을 한 의도가 뭘까? 엄마가 내 감정을 눈치채신 걸까? 뜰라가는 맘속으로 절규했다. 실컷 소리 지르고 싶었다. 그러나 그럴 수가 없었다. 가슴이 답답했다.

"너 왜 그래?"

"아무것도 아냐. 일본에서는 좋았어?"

뜰라가는 긴장감을 감추었다.

"아니."

"왜?"

"나도 모르겠어."

"공부도 많이 하고 왔어? 앞으로 개인전을 열 수 있도록 많은 사람들을 사귀었겠네? 다시 거기 가고 싶어?"

"아니."

"그럼 프랑스나 미국이나 독일에 가고 싶어?"

"아니."

"이상하네."

뜰라가는 고개를 들었다. 그들의 시선이 만나 불꽃처럼 타올랐다.

와얀은 좀 더 대담하게 뜰라가를 바라보려 했다. 그는 맨 처음 뜰라가를 만났을 때 자신이 느꼈던 것을 다시 느끼고 싶었다. 오래전에 자신이 가슴속에 파묻어 놓았던 것이 그대로 그 자리에 있는지 확인하고 싶었다.

"그렇게 고개 숙이고 있지 마, 뜰라가."

뜰라가는 어색했다.

"우리는 종종 인생에서 다른 사람 역할을 하길 바랄 때가 있어. 다른 사람이 되면 인생이 더 살기 쉬워질 거라 생각하지. 하지만 현실은? 다른 사람이 되고자 꿈을 꾸는 일이 우리를 더 힘들게

142

하고 자신의 역할을 더 미워하게 만들지. 결국 우린 자신에게 주어진 역할을 바꿀 수 없어."

"오빠, 그게 무슨 말이야? 난 이해가 안가."

"언제 청혼을 받았니?"

"왜 그런 걸 물어?"

"알고 싶어서 그래."

뜰라가는 고개를 들어보려고 애썼다.

"내 눈이 뭐라 말하는지 느낄 수 있니?"

"오빠, 난 무서워."

"나도 알아."

"나한테 이러지 마, 오빠."

"난 내가 와얀 사스미따로서 내 역할을 후회하지 않길 바라. 그리고 너도 이다 아유 뜰라가 삐다나로서 네 역할을 후회하지 않았으면 좋겠어. 내 말이 무슨 뜻인지 알겠니?"

뜰라가는 숨을 내쉬었다. 두 눈에는 눈물이 고여 있었다.

"난 내 감정을 속이고 싶지 않아. 이게 나의 선택이야. 난 이제 내 자신을 위한 일을 할 용기가 생겼어. 나도 이게 옳지 않다는 걸 알아. 하지만 내 감정을 속이고 싶지 않아. 스스로를 책임질 수 있는 사람이 되겠어. 울지 마, 뜰라가."

와얀이 뜰라가의 뺨을 만졌다.

"무서워. 나는 내 자신이 무서워."

"우린 정면으로 자신과 맞서야 해. 넌 확신해야 해. 내가 무슨 말을 하고 있는지 네가 이해하고 있다고 믿어. 지금 난 아무것도 네게 약속해줄 수 없어. 하지만, 난 이 꿈을 이루려 노력할 거야. 너무나 오랫동안 이 꿈을 간직해왔어. 그리고 너무나 오랫동안 가슴이 아팠지."

"내 감정을 알고 있는 거야, 오빠?"

"응. 오래전부터."

그 둘은 서로 말이 없었다. 와얀은 뜰라가의 손을 꼭 잡았다.

***

용기가 생기고 결심이 굳어지자 뜰라가는 와얀의 어머니인 루 금브렉을 만났다. 와얀의 어머니는 절규했다.

"너 미치기라도 한 게냐?"

와얀의 어머니는 고래고래 소리를 질렀다. 눈빛이 사나웠다.

"네 자신이 누군지는 아는 게냐, 와얀? 네가 뜰라가와 결혼을 하면 대체 무슨 일이 생기는지는 알기나 하는 게야? 이게 무슨 일이란 말이냐. 넌 내 하나밖에 없는 아들이다. 제발 귀족 사원 사람들과 문제를 일으키지 말아다오. 뜰라가, 부디 생각을 바꿔 줄 수는 없겠니? 제발… 우리 모두를 위해서 말이다."

"와얀 오빠와 저는 이미 노력이란 노력은 다 해봤어요, 어머니. 수년간 노력했지만, 생각을 바꿀 수가 없었어요."

와얀의 어머니를 앞에 두고 뜰라가는 울고 싶지 않았다. 같은

144

여자로서 루 금브렉의 마음을 너무나 잘 이해할 수 있었다.

루 금브렉은 뜰라가를 며느리로 맞이할 용기가 나지 않았다. 수드라 남성은 브라만 여성에게 청혼하는 것이 금지되어 있었다. 와얀이 뜰라가를 아내로 맞이하면 와얀에게 큰 불행이 닥칠 것이다. 수드라 여성들은 브라만 여성이 어둠을 비추는 태양이라고 믿었다. 만일 수드라 남성이 태양을 훔친다면, 그 결과를 상상이나 할 수 있겠는가.

"와얀! 생각이라는 걸 좀 해 보거라. 네 아내를 평생 머리에 이고 살 셈이냐? 우린 귀족 사원 사람들을 평생 존경하고 보호할 의무가 있다. 우리가 이렇게 살고 있는 게 모두 귀족들 덕택인 게야. 귀족들이 우리를 먹고살게 해주고 있잖니. 내가 대체 무슨 죄를 지었기에 너 같은 아들을 둔 것이냐….""

"우린 귀족들에게 빚진 게 없어요, 어머니. 귀족들을 위해 무슨 일이든 다 하잖아요."

"닥쳐라! 네가 우리와 귀족 사원 사람들과의 관계를 알기나 하는 게냐? 수백 년 동안 우리 가족은 그 사람들에게 헌신해왔다. 지금 넌 그 수백 년 동안 좋았던 관계를 무너뜨리려 하고 있어. 다시 생각해라, 와얀. 다시 생각해!"

루 금브렉의 목소리가 갈라졌다. 그리고 마침내 통곡하기 시작했다.

"제가 어머니를 힘들게 하고 있다는 거 잘 알아요. 하지만 어머니, 와얀 오빠의 감정을 이해해 주세요."

"뜰라가, 넌 바보 같은 여자로구나. 나는 시골 아낙네라서 이런 관계를 도저히 받아들일 수가 없다. 이건 수치스러운 일이야!"

루 금브렉은 의자에 앉았다. 루 금브렉의 눈은 퉁퉁 부어 있었다. 루 금브렉은 고통스러운 삶이 시작되었다는 것을 느낄 수 있었다. 앞으로 마을 사람들의 입에 오르내릴 것이 분명했다. 루 금브렉이 숨만 쉬어도 사람들이 쳐다볼 것이다.

가슴이 미어졌다. 내가 무슨 잘못을 했기에 아들이 굳이 재앙의 길로 발을 디디려 할까? 루 금브렉은 제로 꼬낭아가 자신에게 뭐라 말할지 상상조차 할 수 없었다. 꼬낭아는 틀림없이 그 날카로운 눈매로 자신을 비난해댈 것이다. 게다가 모든 수드라 여성들이 루 금브렉에게 닥친 이 엄청난 불행에 대해 위로를 해댈 것이다. 루 금브렉은 두 눈을 감았다. 피곤했다. 너무나 피곤했다.

"전 이게 죄라고 생각하지 않아요, 어머니. 이건 제가 수백 번 아니 수천 번을 고민하고 내린 선택이에요. 제 삶에서 가장 중요한 선택이었어요. 가장 값진 선택이기도 하구요. 저 역시 이 선택의 결과에 대해 생각하고 또 생각했어요. 우리 가족과 귀족 사원 사람들과의 관계에 어떤 일이 벌어질지 잘 알아요. 뜰라가와 제가 천천히 잘 극복하겠어요, 어머니."

"다시 생각해 볼 수는 없는 게냐?"

금브렉의 목소리가 공허하게 허공에 맴돌았다. 주름진 두 손을 꼭 맞잡고 있었다.

"이건 제 삶에서 가장 중요한 결정이에요, 어머니. 수년 동안 뜰라가에 대한 제 감정을 없애보려 노력했어요. 일본에서도 다시 생각해 보려 했고요. 하지만 저희 둘이 물리적으로 떨어져 지낸 것이 오히려 저희들을 더 가깝게 만들었어요."

"네가 원하는 다른 여자를 찾아라, 와얀. 이다 아유 뜰라가는 안 돼."

"그럴 수 없어요, 어머니."

"어머니, 이해해 주세요. 두려워 마세요, 어머니. 제가 잘 적응할게요."

루 사드리는 아까부터 미소만 짓고 있었다. 사드리의 머릿속에 있는 것은 행복감뿐이었다. 시집올 때 뜰라가는 가지고 있던 모든 옷과 장신구를 가져올 것이 분명하다.

"나도 이제 뜰라가처럼 치장을 할 수 있게 되었어."

루 사드리는 혼잣말로 중얼거렸다.

건넛마을의 뿌뚜 사르마도 이젠 날 다시 보게 되겠지, 사드리는 확신했다.

사드리는 뜰라가처럼 꾸미고 다니고 싶었다. 뿌뚜 사르마의 관심을 끌기 위해서 반드시 많은 여자들과 경쟁해야 한다는 것을 잘 알고 있었다. 게다가 예쁜 여자들이 너무나 많다. 그 여자들이 원래는 그처럼 예쁘지 않다는 것을 안다. 화장을 잘해서 얼굴이 예뻐 보이는 것이다. 그 여자들은 눈썹 문신도 했다. 모델 학교를 막 졸업한 루 껀드란은 입과 턱을 성형했다. 그랬더니 인형처럼 예뻐졌다. 그러나 불행히도 껀드란은 햇빛에 얼굴을 내놔서는 안 되었다. 언젠가 한번은 사드리가 껀드란을 데리고 낮에 조겟춤 공연을 보러 갔다. 껀드란의 얼굴이 햇빛에 닿자마자 코, 턱 그리고 입술이 빨갛게 부어오르기 시작했다. 사드리는 껀드란의 얼굴을 보고 소름이 돋았다. 여자가 된다는 것은 보통 어려운 일이 아니다.

"난 오랫동안 햇빛에 나와 있을 수가 없어. 얼굴을 차가운 공기에도 오래 노출해서도 안 되고…."

"난 도시 여자처럼 보이고 싶어."

"도시 여자들은 모두 부자야. 자가용을 타고 다니잖아. 넌 도시 여자가 아냐."

"난 지금 그곳을 향해 가고 있어. 난 모델이 될 거야. 나중에 네가 다시 날 볼 때면, 난 이미 도시 여자들처럼 되어 있을걸. 세미나에도 참석하고 돈도 펑펑 쓰고 다닐 거야."

"너 미쳤구나!"

"사람은 꿈을 가질 자유가 있어. 난 가난이 지긋지긋해."

"도시 여자들처럼 보이고 싶어서 코도, 입도, 턱도 고친 거란 말이야?"

"이건 단지 시작에 불과해."

"얼마나 많은 단계를 거쳐야 하는데?"

"수없이 많지."

"어떤 단계들인데?"

"우선 난 열심히 일할 거야."

"그건 좋은 생각이야."

"자본이 많이 필요하지 않은 일이야."

"나도 같이 할래. 그래도 되지?"

"넌 너무 순진해, 사드리. 도시 여자가 되려면 계산적이어야 해. 매 순간이 전쟁이야."

"무슨 말인지 모르겠네."

"나중엔 다 알게 돼."

그리고 얼마 지나지 않아 껀드란은 사라졌다. 이 년 후, 그녀는 정말로 달라져서 돌아왔다. 껀드란의 몸은 텔레비전에 나오는 스타의 몸처럼 변해 있었다. 얼굴도 더 예뻐졌다. 게다가 부자가 되어 있었다. 불과 이 년 만에! 대단하다. 도시 여자가 되기 위해 껀드란은 얼굴을 다 고쳤다. 껀드란의 말로는 매우 아팠다고 한다. 그러나 껀드란에게 통증쯤은 아무것도 아니었다.

"난 이제 뭐든 살 수 있어."

그녀가 말했다. 껀드란은 이제 담배도 피웠다. 매니큐어를 바른 손톱이 번쩍번쩍했다. 피부도 훨씬 하얗게 변해 있었다. 껀드란은 마치 광고 모델 같았다.

"넌 어떤 일을 하니?"

"사업을 해."

"텔레비전에 나오는 여자들처럼? 너 스타가 된 거야?"

"그래. 난 침대의 스타가 되었어."

껀드란이 말했다.

사드리는 말이 없었다. 사드리는 껀드란이 무슨 일을 하던 상관이 없었다. 사람들 말로는 껀드란이 몸을 판다고 한다. 하지만, 사드리에게 있어 껀드란은 변함없이 그녀 삶의 일부였다. 껀뜨란은 사드리에게 엉덩이까지 내려오는 긴 머리를 자르라고 부추겼다.

"너 머리 자르고 싶지 않아?"

"싫어."

"그게 널 시골 여자처럼 보이게 한다고."

"내버려둬."

"화내지 마."

"나 화낸 적 없어. 네가 말하는 거면 뭐든 난 다 받아들이거든."

"그래서 내가 널 좋아하는 거야, 사드리. 넌 항상 옛날 생각을 하게 만들거든."

"옛날 생각은 하지 마. 그게 널 슬프게 하잖아."

"어차피 내 삶의 일부인걸."

"내 긴 머리가 널 슬프게 하는 모양이구나. 잘 들어, 껀드란. 내 머리가 너처럼 짧아지면 난 더 이상 여자가 아니야. 남자가 되어 버리는 거야. 사원에 갈 때도 머리를 틀어 올릴 수가 없잖아. 난 이런 머리를 해야 내가 여자인 것 같아서 좋아."

껀드란은 사드리의 말을 듣고 웃었다. 껀드란의 눈은 반짝반짝 빛이 났다. 껀드란은 사드리를 호텔로 데려 갔다.

"이렇게 호화스러운 방에 사는 거야?"

150

"응."

"몇 년 동안이나?"

"응."

"좋겠다."

사드리는 침대 위에 몸을 뉘었다. 방 안의 공기가 향기로웠다. 하지만 사드리는 뭔가 다른 냄새가 느껴졌다. 뭔가 차갑고 공허한 냄새. 자신의 방에서 나는 냄새와는 사뭇 달랐다. 흙바닥에 제대로 된 천장도 없었지만 사드리는 자신의 방이 좋았다. 비가 올 때면 기왓장에 비가 부딪치는 것을 느낄 수 있었다. 젖은 기왓장 냄새를 맡는 것도 기분이 좋았다.

껀드란의 방은 엄청나게 컸다. 욕실은 마치 아기 침대 같았다. 그 욕실에서 사드리는 샤워를 할 엄두가 나지 않았다. 사용법도 모르는 도구들로 가득했다. 대단했다. 불과 이 년 만에 껀드란은 이처럼 다른 여자가 되어 버린 것이다. 껀드란의 말을 빌리자면 도시여자가 된 것이다.

"네 눈썹 너무 멋지다. 그리고 이렇게 많은 화장품을 보고 난 너무 놀랐어. 내가 좀 써 봐도 될까?"

"그러고 싶니?"

"응."

"내가 미용실에 데려가 줄게."

"돈이 없어."

"내가 낼게."

"거기까지 뭐 타고 가?"

"일단 넌 그냥 여기 있으면 돼. 오 분 후에 사람이 와서 네 얼굴을 봐줄 거야."

"오 분 후?"

"그래."

"도시 사람한테는 뭐든 쉽구나."

껀드란은 미소 지었다. 정말이었다. 오 분 후 한 예쁜 여자가 와서 껀드란에게 예의를 갖춰 인사했다. 그 예쁜 여자는 가방에서 모든 도구를 다 꺼내기 시작했다.

사드리는 소름이 끼쳤다.

"날 어떻게 하려고 그러는 거야?"

"내 눈썹처럼 만들고 나처럼 화장하려면 일주일 정도 걸려."

"그 칼로 내 눈썹에 상처를 낸다는 거야?"

"그래. 우선 네 눈썹을 다 뽑고 그러고 나서 색을 넣어 그리면 돼. 이런 걸 타투라고 해."

"아파?"

"조금."

"나 안할래!"

사드리는 무서워지기 시작했다.

"단지 조금 아플 뿐이야. 예뻐지려면 희생을 해야지."

"난 예뻐지고 싶지 않아."

"알았어, 그럼."

껀드란은 지갑을 집어 그 예쁜 여자에게 뭐라고 속삭였다. 그러자 그 여자는 사드리에게 예의를 갖춰 인사한 후 그 무시무시한 도구를 모두 챙겨 나갔다.

사드리는 몸을 덜덜 떨었다. 예뻐지려고 도시 여자들은 얼굴을 칼로 찌르고 파내고 구멍까지 만드는 것이었다.

껀드란의 인생을 떠올리며 사드리는 긴 숨을 내쉬었다.

"넌 아까부터 말이 없구나, 사드리. 넌 할 말이 없는 게냐?"

사드리는 계속 말없이 있었다. 사실 사드리는 뜰라가가 빨리 시집오는 것이 좋겠다는 생각뿐이다. 뜰라가의 수많은 장신구를 빌려 쓸 수 있기 때문이다. 사드리는 뜰라가가 종종 사원에 신고 오는 그 샌들을 신어보고 싶었다. 값비싸고 세련돼 보였다.

"사드리!"

금브렉이 소리 질렀다.

"어쩔 수 없잖아요, 엄마. 오빠는 예전부터 뜰라가를 좋아했어요."

"너도 네 오빠처럼 미친 게냐?"

금브렉은 소리를 버럭 지르고는 방으로 들어가 대나무 침상에 몸을 뉘었다. 뜰라가는 따라 들어갔다.

"어머니, 저희 결혼식은 삼일 뒤에요."

금브렉은 아무 말이 없었다. 몸을 돌린 채 말없이 있었다.

"저 임신 오 개월이에요, 어머니."

뜰라가의 목소리가 떨렸다. 그러자 금브렉은 다시 몸을 돌렸다.

"뜰라가!"

루 금브렉은 뜰라가의 눈을 깊이 들여다보았다. 뜰라가의 말에서 진심을 찾고 있었다.

"지금 날 놀리는 건 아니지?"

"진심이에요, 어머니."

뜰라가는 진지하게 말했다.

***

결혼식이 거행되었다. 그리고 뜰라가의 모든 삶이 변했다. 새벽에 일어났을 때 우유와 빵을 가져다주는 식모도 없었다. 오직 있는 것이라곤 맹물 한 잔이었다. 그것도 어제 가져다 둔 물이었다. 뜰라가는 물을 한 모금 마셨다. 눈에 잠시 눈물이 고였다.

"이 집에서 네게 밥을 차려 줄 사람은 아무도 없다."

시어머니의 목소리가 퉁명스러웠다.

"괜찮아요, 어머니. 제가 다 배워야 하는걸요. 이건 제가 선택한 길이에요."

"장작을 사용해서 불을 지펴라."

"네, 어머니. 해볼게요."

뜰라가는 아궁이에 불을 피우기 시작했다. 연기가 온 주방을 시꺼멓게 만들었다. 뾰족한 뜰라가의 손톱이 새까맣게 되었다.

사방이 연기로 새까맸다. 냄비며, 주방 천장이며, 주방 벽까지. 뜰라가는 소름이 돋았다.

"장작을 너무 많이 써서는 안 된다."

금브렉이 고래고래 소리를 질렀다.

"뭐하려고 그처럼 장작을 많이 쓰는 게냐?"

"물을 끓이려고요."

"내가 다 해 놨다. 보온병에 뜨거운 물이 있지 않니."

"목욕하려고 물을 데우고 있었어요, 어머니."

뜰라가가 천천히 말했다.

"뭐?"

시어머니의 목소리가 한껏 높아졌다.

"목욕하려고요, 어머니"

"오 맙소사. 이 뗄감이 한 달 치야. 한 달 동안 밥을 짓고 시장에 내다 팔 찹쌀 전병 만들 뗄감이라고. 거봐라, 뜰라가. 내가 그래서 브라만 여자와 결혼하지 말라고 한 거야. 넌 여기서 살수 없어. 절대 살 수가 없단 말이다."

시어머니가 거칠게 말했다. 뜰라가는 말이 없었다.

"뜰라가, 뜰라가. 내가 너라면 와야 오빠처럼 가난한 남자와 결혼하지 않았을 텐데. 난 계속 그 집에 살면서 치장하고 실컷 쇼핑이나 하고 살았을 텐데."

사드리가 주방 앞에 나타나 뜰라가를 비웃었다.

"넌 주방에 들어가 본 적도 없잖아. 네가 뭐 만들 줄이나 알겠니?"

사드리는 크게 웃었다.

예전부터 사드리가 자신을 질투하고 있었다는 것을 뜰라가는 잘 알고 있었다. 모든 남자들이 사드리 앞에서 뜰라가의 아름다움을 칭찬했기 때문에 사드리는 시샘하고 있었다. 그래서 사드리는 지금 실컷 자신의 질투심을 맘껏 쏟아내고 있었다. 사드리는 뜰라가의 결혼을 끄집어내어 뜰라가에게 늘 상처를 주곤 했다.

"보통 부잣집 자식이랑 결혼을 하면 행복하던데. 어째 우리 오빠는 결혼해도 행복해 보이질 않아. 여전히 집안의 두 여자를 먹여 살리느라 그림을 그려야 하잖아. 게다가 오빠의 부담이 더 늘어났지 뭐야. 먹여 살릴 여자가 한 명 더 늘어났으니."

사드리는 일부러 크게 말했다.

뜰라가는 이 집의 두 여자가 모두 자신의 존재를 원치 않았다는 것을 잘 알고 있었다. 금브렉과 사드리는 뜰라가의 존재가 이 집에 큰 불행을 가져올 것이라 믿고 있었다. 게다가 뜰라가는 시집올 때 보석 하나 가져오지 않았다. 가지고 있었던 모든 장신구를 집에 두고 나왔다. 뜰라가는 자신의 물건이 이 집에 불운을 가지고 올 것이 염려되어 심지어 옷도 가져오지 않았다. 사실 뜰라가의 물건들은 모두 할머니와 엄마가 사준 것이었다. 만일 뜰라가가 귀족 남자와 결혼했다면 뜰라가의 친정은 수많은 예물을 해주었을 것이다. 그러나 와얀과 결혼했기 때문에 귀족 사원의 어느 누구도 뜰라가에게 결혼 선물을 주지 않았다. 게다가 뜰라가는 정식으로 작별을 고하고 나오지도 않았다. 뜰라가는 부모 없이 결혼식을 올렸다. 뜰라가에게는 와얀밖에 없었다. 뜰라가는 와얀만이 자신을 이해하고 돌봐줄 수 있을 것이라 믿었다.

한편 귀족 사원 사람들은 다른 이야기들을 했다. 뜰라가가 엄마와 할아버지의 관계를 보고 사는 것을 참을 수 없어 일부러 와얀과 결혼을 했다는 것이다. 사람들은 종종 뜰라가의 엄마가 한밤중이나 새벽에 할아버지 방에서 나오는 것을 뜰라가가 보았을 거라고 수군거렸다.

"몇십 년이나 남자의 몸과 닿을 일이 없었잖아. 그걸 참고 있을 여자가 세상에 어디 있겠어. 게다가 제로 끄낭아 같은 여자가 어떻게 혼자 지내겠어."

사람들은 엄마를 두고 쑥덕거렸다. 어쩌면 사람들이 자신보다 더 많이 알지도 모른다고 뜰라가는 생각했다. 그러나 그들은 결혼을 해서 수드라 여성으로 사는 것이 어떤 것인지 알 턱이 없었다.

와얀만이 새 블라우스와 치마를 한 벌 사주었다. 뜰라가는 귀족으로서 가졌던 모든 사치품을 버리는 훈련을 해야 했다. 모든 것이 사랑을 위해서였다. 어떤 남성으로부터도 받아본 적이 없는 사랑과 관심을 위해서였다.

와얀은 뜰라가에게 첫 남자였다. 와얀은 뜰라가의 몸에서 길을 잃지 않았다. 와얀은 남자와 여자의 관계에 대해 눈을 뜨게 해주었다. 이것이 사랑일까, 뜰라가는 생각했다. 그리고 뜰라가의 성인식이 있었던 날 할머니가 해주셨던 말씀이 생각났다.

"언젠가 네가 남자와 여자 간의 사랑의 본질을 알게 되면 넌 틀림없이 취하게 될 거란다. 넌 집으로 돌아오는 길도 잃어버리게 된단다. 넌 길을 잃을 거야. 하지만 네가 길을 잃을 매 순간마다 넌 그것이 얼마나 아름다운지를 깨닫게 될 거란다."

할머니는 성인식 선물로 다이아몬드로 된 장신구를 주시며 이렇게 말씀하셨다.

"자, 받아라. 널 위한 거란다. 잘 간직하고 있어야 한다. 나중에 네가 널 위한 바다를 만나거든 그 바다로 항해를 떠나거라."

항해? 그렇다면 뜰라가는 지금 항해를 하고 있는 것일까? 이 것이 할머니가 말씀하신 바다일까? 자신이 선택한 바다라는 것이 얼마나 무시무시한가. 매일 그 바다에는 파도가 쳤다. 부두로 돌 아가는 일이 너무나 힘들었다.

벌써 한 달째 와얀은 자카르타에서 돌아오지 않고 있었다. 전시회 중이었다. 뜰라가는 와얀을 따라가고 싶었다. 그러나 잔뜩 부풀어 오른 배 때문에 따라갈 수가 없었다. 뜰라가의 몸은 아기 를 낳을 준비가 다 되어 있었다. 매일 밤 뱃속의 아기가 뜰라가의 배를 발로 힘껏 찼다. 뜰라가는 구토가 올라왔으나 싱긋 웃었다. 뜰라가는 뱃속의 아이가 세상에서 가장 개구쟁이일 것이며 뭐든 제 뜻대로만 하려 들 것이라는 걸 느낄 수 있었다.

종종 뜰라가는 뱃속의 아기에게 말을 걸었다. 그러면 뱃속의 아기는 뜰라가의 말을 이해하는 것 같았다. 뜰라가의 말에 부드러운 발길질로 대답했다. 언젠가 한번 뜰라가가 애정을 듬뿍 담아 자신의 배를 때린 적이 있었다. 이상한 것은, 일주일 동안 아기가 발길질도 안 하고 움직임이 전혀 없었다. 아기는 화가 났던 것이다. 뜰라가는 혹시 무슨 일이라도 생긴 게 아닐지, 뱃속의 아기가 죽은 것은 아닐지 걱정했다. 다행히도 산파가 와서 뜰라가를 진정시켰다. 산파는 매일 아침마다 산책을 하고 되도록 많이 걸어야 한다고 말했다.

9월 30일이 되었다. 드디어 뜰라가는 새로운 장난감을 손에 얻었다. 아기가 태어난 것이다. 딸이었다. 아기 눈은 정말로 발리 여자의 눈이었다. 동그랗고 빛나는 눈이었다. 아기의 몸은 너무나 섬세했다. 분명히 가장 뛰어난 무희가 될 것이다. 모든 사원에서 춤을 출 것이다.

"봐, 뜰라가. 아기가 대단하지 않니. 항상 내 얼굴로 발길질을 하잖아. 날 미워하나봐…."

"말을 해도 꼭…."

"정말이야. 봐! 내가 뽀뽀하면 크게 울어버리잖아."

뜰라가는 미소 지었다. 그리고 와얀의 머리를 사랑스럽게 쓰다듬었다.

"신이시여, 바로 여기서 삶이 시작되는 걸까요? 이 애가 저와 와얀이 한 몸이 되어 만든 우주인가요?"

뜰라가는 중얼거렸다.

"우리 딸이 커서 뛰어난 화가가 되었으면 좋겠어."

"그림 그리느라 며칠씩 집에도 안 들어오는 화가?"

"물감 범벅이 되어 집에 돌아오겠지. 몇 달 동안 작업실에 틀어 박혀 있을 거야. 대단한 여자가 되겠지. 아마 프리다 칼로를 뛰어 넘는 화가가 될 걸?"

와얀은 사랑이 가득한 시선으로 아기를 바라보았다. 와얀의 모든 꿈이 아기의 몸에 심어져 있었다.

"오빠, 오빠의 이 화가는 작업실을 나올 때면 엄청 굶주린 상태일 거라고. 음식을 찾는 게 아니라 남자를 찾겠지."

뜰라가가 와얀의 귀에 속삭였다. 그러자 와얀이 크게 웃었다. 그리곤 뜰라가의 몸을 감싸 안았다. 와얀과 뜰라가는 새 우주를 만들기 시작했다.

***

"귀족 여자와 결혼을 하면 큰 불행이 닥친다고 내가 몇 번을 말했느냐! 결국 내 아들이 죽고 말았구나. 내 아들은 내 말을 이해하려 들지도 않았어. 이건 미신이 아냐. 진짜란 말이다. 일이 이렇게 된 마당에 내가 이제 뭘 더 어쩐단 말이냐!"

금브렉은 가슴을 치며 뜰라가를 원망이 가득 찬 시선으로 바라보았다.

"내 아들 몸에 가까이 오지 말거라. 내가 와얀과 결혼하지 말라고 말했잖느냐. 넌 여전히 제멋대로구나!"

금브렉의 말은 점점 더 심해졌다. 뜰라가는 이제 막 다섯 살이 된 딸 아이, 루 사리를 끌어안고 있었다. 사리가 화가 난 눈으로 할머니를 쳐다봤다.

"너도 네 어미 편인 게냐?"

금브렉이 천천히 말했다. 루 사리는 계속 할머니를 화가 난 시선으로 쳐다보았다. 뜰라가는 이 작은 아이가 자신을 보호해주는 것 같았다.

"아빠가 돌아가신 건 아파서라고요. 근데 할머니는 왜 엄마 탓을 하세요?"

사리가 고래고래 소리 지르며 말했다.

"사리가 아직 모르는 거야. 나중에 크면 다 알게 돼. 지금 사리는 어려서 그래."

루 사드리가 사리를 달랬다. 사드리가 사리를 업고 나가려 하자 사리는 눈을 부릅떴다.

"싫어. 사리는 엄마랑 있을 거야."

사리는 고함을 질렀다.

뜰라가는 잠자코 있었다. 울기도 지쳤다. 삶이 이처럼 빨리 와얀을 빼앗아 가버릴 줄 상상조차 하지 못했다. 와얀은 뜰라가에게 여자가 된다는 것의 의미를 가르쳐준 남자였다.

그처럼 건장하던 와얀의 몸이 이렇게 썩어버리다니 뜰라가는 이해할 수가 없었다. 의사 말로는 와얀이 어렸을 때부터 남들과는 다른 심장을 가지고 있었다고 했다. 와얀은 작업실에서 죽었다.

뜰라가는 와얀이 몇 시에 죽었는지도 몰랐다. 보통 와얀이 작업실에 들어가면 뜰라가와 식구들은 그를 귀찮게 하면 안 된다고 생각했다.

물감이 여기저기 흩어져 있었다. 와얀의 몸은 딱딱하게 굳어 있었다. 뜰라가는 비명을 질렀다. 커피 잔이 바닥에 떨어졌다. 죽은 상태에서 와얀의 몸은 시니컬해 보였다. 뜰라가는 누가 와얀의 몸을 들어 올렸는지 기억도 할 수 없었다. 뜰라가는 이틀 동안이나 의식이 없었다.

와얀의 장례식은 소박하게 치러졌다. 귀족 사원 사람들이 몇 명 다녀갔다. 할아버지도 오셨다. 뜰라가는 할아버지와 시선을 마주쳤다. 왜인지는 모르겠으나 할아버지는 뜰라가와 화해를 하고 싶어 하는 것 같았다. 뜰라가는 자신이 행복했다고 할아버지에게 말하고 싶었다. 이 수드라 남자와 함께여서 삶을 더 이해할 수 있었다고 말하고 싶었다.

귀족 사원 사람들 앞에서 무례하게 굴어서는 안 된다는 것을 뜰라가는 잘 알고 있었다. 지금 뜰라가의 신분은 그들과 똑같지 않기 때문이다. 할아버지가 뜰라가에게 마음을 주는 것을 보이면 틀림없이 할아버지는 사람들의 입에 오르내릴 것이다. 귀족 사원의 명예를 실추시켰다는 둥, 체면을 손상시켰다는 둥, 별별 얘기를 다 할 것이다.

뜰라가는 단지 육 년이라는 시간 동안만 남자의 존재를 알았다. 뜰라가에게 있어 와얀은 너무나 매력적인 장난감이었다. 와얀과 함께 있는 동안 뜰라가는 어렸을 때보다 훨씬 더 아름다운 추억을 가질 수 있었다. 와얀의 몸과 맞닿았을 때의 느낌은 어렸을 때 장난감을 가지고 놀던 느낌과 아주 달랐다. 와얀의 몸속에 깊이 가라앉았을 때 그것은 엄청난 놀이와도 같았다. 자신의 모든 삶을 그 속에 내맡기고 싶었다. 깨어나면 또 다른 삶이 뜰라가를 기다리고 있었다. 우주가 다시 뜰라가의 온몸을 깨웠다.

종종 뜰라가는 생각했다. 이 선택에서 자신이 얻은 것은 대체 무엇일까. 왜인지는 모르겠지만 와얀이 가버리고 나서 뜰라가는 자신이 선택한 삶에 대해 대담하게 물어보고 있었다.

"이것이 망설임이라는 것일까?"

뜰라가는 자신에게 물었다.

뜰라가는 자신의 몸이 다른 육체를 필요로 한다는 것을 잘 알고 있었다. 하지만 와얀의 육체는 매우 섬세한 조각을 가지고 있었기 때문에 그것을 대신할 수 있는 것은 아무것도 없었다.

게다가 다른 남자를 구하는 일은 쉽지 않은 일이다. 와얀이 죽은 것은 귀족 여성과 결혼했기 때문이라고 사람들이 생각하고 있었기 때문이다. 뜰라가는 끊임없이 스스로를 위로했다. 일 년이 지났다. 그리고 이 년이, 또 삼 년이 흘렀다.

뜰라가는 항상 자신에게 의지를 북돋아 주려고 노력했다. 여자로서의 굶주림을 이겨내려 했다. 극심한 굶주림이었다. 그 굶주림이라는 것은 종종 뜰라가의 몸을 산산조각 냈다. 오, 신이시여, 제가 어떻게 해야 하는 걸까요?

인생이라는 여정 속에서 인간이 느낄 수 있는 가장 끔찍한 굶주림일 것이다. 밤마다 뜰라가는 불안했다. 마치 누군가 자신의 몸을 여기저기 찔러대는 것 같았다.

갑자기 엄마 생각이 났다. 엄마는 뜰라가가 여덟 살이 되었을 때 남편을 잃었다. 뜰라가는 기억을 하나하나 다 펼쳐 놓고 싶었다. 엄마의 모든 움직임을 다 떠올리고 싶었다. 엄마는 남자의 육체를 원하지 않았을까? 소문대로 엄마와 할아버지는 특별한 관계였을까? 그것이 가능한 일이었을까?

뜰라가는 할아버지가 엄마를 껴안는 것을 본 적이 있었다. 그것은 뜰라가 앞에서 할아버지가 한 행동이었다. 그때 뜰라가와 엄마는 한창 말다툼 중이었다.

"그들이 정원에 함께 앉아 있는 걸 봤어. 정원을 가꾸며 서로 바라보고 있더라. 참 어울려 보이는 한 쌍이었어."

어느 날인가 사원에 제사 음식을 가져갔을 때 귀족 사원 사람들이 할아버지와 엄마에 대해 이렇게 말하는 것을 들은 적이 있었다.

뜰라가는 눈을 질끈 감았다. 그 이야기들이 사실인지 아닌지 알고 싶지 않았다. 그 생각들을 묻어 버리고 싶었다. 밤이 점점 깊어 갔다. 뜰라가는 여전히 불안했다. 시누이 남편인 뿌뚜 사르마의 날카로운 시선이 떠올랐다. 와얀과 동년배인 뿌뚜 사르마는 종종 날카로운 시선으로 뜰라가를 바라보았다. 뜰라가는 여전히 아름다웠다. 하지만 뜰라가는 와얀이 죽은 이후로 스스로 여자로서의 매력을 확신할 수 없었다. 시누이 남편의 시선과 마주칠 때면 뜰라가는 자신이 아직도 살아 있다는 것을 느낄 수 있었다. 오, 신이시여. 이 얼마나 추잡한 생각인가요? 왜 저 젊은 남자의 시선을 느낄 때 제가 행복한가요? 저에 대한 감탄의 시선을 왜 즐기는 것일까요?

"넌 여전히 아름다워."

우연히 주방에서 마주쳤을 때 뿌뚜 사르마가 말했다. 뜰라가는 아무 말도 하지 않았다. 뜰라가는 자신을 여자로 바라보는 남자가 있다는 것이 행복했다. 오늘까지도 뿌뚜 사르마가 한 말을 가슴에 간직하고 있었다. 알고 보니 모든 것이 사라졌는데도 뜰라가는 여전히 예뻐 보이는 것이다. 뿌뚜 사르마가 한 말이 사실일까? 뜰라가는 혼자 이런저런 생각을 해보며 거울 앞에 섰다. 얼굴이 약간 창백해 보였으나 그게 중요하진 않았다.

**

사드리가 더 이상 한 집에 살지 않게 되자 시어머니는 뜰라가에게 말을 건네기 시작했다. 사드리는 결혼하여 남편과 함께 시댁에서 산다. 뜰라가는 숨을 돌릴 수 있었다. 그러나 사드리는 너무 자주 친정에 와서 돈을 요구했다.

"엄마, 난 이제까지 이 집을 위해 일했어요. 지금 제 형편이 너무 힘들어요. 물론 시집가서 딴 사람의 아내가 되었기 때문에 제게 어떤 권리도 없다는 걸 알아요. 그렇다고 이 땅이며, 집이며, 이제까지 우리가 일궈온 모든 재산을 뜰라가에게 주실 거예요?"

"너 지금 무슨 말을 하는 게냐?"

"뜰라가는 좋겠네요. 시집 올 때 천 한 장 가지고 오지도 않은 주제에 저렇게 잘 살고 있잖아요."

"누가 잘 살고 있다는 말이냐?"

"뜰라가 말이에요. 다 오빠 돈으로 저런 장신구도 산 거잖아요. 만일 엄마가 결혼을 허락하지 않았다면 오빤 우붓에 화랑도 가지고 있었을 걸요. 죽지도 않았을 거예요. 그리고 우리도 이렇게 살고 있지 않았을 거고요."

"네 말이 날 아프게 하는구나. 그런 말로 엄마를 더 힘들게 하지 말거라. 예전에 내가 네 오빠와 뜰라가의 결혼을 반대할 때 넌 네 의견도 말하지 않았어!"

루 금브렉의 목소리가 격앙되어 있었다. 시누이와 시어머니의 대화를 들으며 뜰라가는 몸을 떨었다. 사드리, 넌 여전히 어머니의 마음을 뒤흔들려 하고 있구나. 네가 문제 삼고 있는 게 고작 20평 남짓한 이 땅이란 말이니….

발리 관습에 따르면 결혼한 여자에겐 친정 유산을 받을 권리가 없었다. 만일 사드리가 결혼을 하지 않았다면 아마도 뜰라가보다 더 많은 권리를 가지고 있었을 것이다. 그러나 사드리는 이미 결혼을 했다. 자동적으로 사드리의 권리는 뜰라가의 것이 되었다.

"엄마, 엄마는 절 사랑하세요?"

"나는 내 자식들을 다 사랑한다."

"엄마 거짓말이에요."

"대체 왜 그러는 게냐? 이제 시집간 지 세 달밖에 안 되었는데 이상해졌구나."

"엄마는 한 번도 절 사랑한 적이 없어요. 오빠만 사랑했다고요."

"이젠 별별 소리를 다하는구나."

"이건 진짜예요, 엄마."

"너와 와얀은 내게 너무나 소중한 재산이다. 난 너희들 모두 사랑해."

"어렸을 때 엄마는 늘 저보다 오빠에게 뭐든 많이 주셨어요."

"와얀은 남자잖니. 책임도 그만큼 더 컸다. 여태 이 집안을 보살핀 게 오빠가 아니냐? 우릴 먹여 살리느라 오빠가 얼마나 고생을 했니."

"저도 일했잖아요. 새벽에 일어나 찹쌀을 빻고 오후에는 배달도 했어요. 저도 열심히 일했다고요."

"대체 무슨 일이 있는 게냐?"

금브렉의 목소리는 의심으로 가득 찼다.

"엄마, 절 사랑하세요?"

"넌 이제 다른 사람의 아내가 되었어. 도에 지나친 행동은 하지 말거라."

"대답해주세요, 엄마."

"그처럼 이상한 질문에 대답하고 싶지 않구나. 나는 어렸을 때부터 시집갈 때까지 널 키운 네 엄마다. 난 내 자식의 성격을 줄줄 다 외우고 있어."

금브렉의 목소리는 단호했다.

"화내지 마세요, 엄마."

"무슨 말이 하고 싶은 게냐."

"지금은 제가 엄마의 유일한 자식이잖아요. 전 가난한 남자와 결혼했어요. 하지만 전 그 남자를 사랑해요. 시댁에서는 살 수가 없어요. 남편은 매일 새벽에 나가 한밤중에 집에 와요. 전 남편 식구들 틈에서 살 수가 없다고요."

"그건 네 선택이었다. 넌 선택의 결과를 감당할 수 있어야 해. 뜰라가는 와얀과 결혼해서 지금까지 잘 참고 있잖니."

뜰라가는 시어머니의 말을 듣고 깜짝 놀랐다. 시어머니가 자신을 칭찬해준 것은 처음이었다.

"엄마는 뜰라가에게 홀리기 시작하셨어요. 그 애를 사랑하기 시작하신 거예요. 귀족 여자들은 원하는 것은 뭐든지 손에 넣기 위해 흑마술을 쓴다고 들었어요."

"말도 안 되는 소리 말거라."

"이건 진짜에요. 뜰라가의 흑마술에 넘어가신 거라고요."

사드리는 속삭였다. 그리고 나선 애걸복걸하기 시작했다.

"엄마, 이번 한번만 저 좀 도와주세요. 시댁은 아주 난장판이에요. 시어머니가 일곱 명이나 된다고요. 집도 좁은데 시아버지는 아직도 여자를 찾아다니고 있어요. 게다가 갓난쟁이들이 계속 태어나고 있다고요. 그 많은 사람들이 다 한 집에 살아요. 전 잘 방도 없어요. 한 방에서 모두 웅크리고 잔단 말이에요. 엄마, 제발 이 집에서 살게 해주세요."

뜰라가는 한숨을 내쉬었다.

"엄마, 제발 제게 딱 다섯 평만 주세요. 그거면 충분해요. 합법적이기만 하면 돼요. 그 땅은 반드시 엄마 명의로 할게요."

사드리는 무릎을 꿇었다.

"넌 항상 엄마를 힘들게 하는구나."

"엄마 자식으로 사는 동안 한 번도 엄마에게 부탁한 적이 없었잖아요. 이번엔 정말 부탁드려요, 엄마."

금브렉은 말이 없었다.

"밤이 늦었다. 자고 싶구나. 내일 아침 일찍 네 남편과 함께 오거라."

"그건 불가능해요, 엄마!"

사드리는 소리쳤다.

"왜?"

"남편 자존심이 크게 상할 거예요."

"그 인간은 아직도 자존심 타령이냐?"

"엄마, 그렇게 말씀하지 마세요. 뜰라가가 다 들어요."

"들으라지. 모든 사람들이 네가 그런 놈이랑 결혼했다는 걸 알라지."

"엄마!"

"대체 넌 뭘 더 지켜주고 싶은 게냐?"

"어찌 되었든 사르마는 엄마 사위예요."

사드리가 다시 엄마를 구슬리기 시작했다. 금브렉은 말없이 있다가 바닥에 침을 뱉었다.

"옛날부터 난 진짜 사내다운 사내라고는 본 적이 없다!"

금브렉은 담뱃잎을 집어 입속에 거칠게 쑤셔 넣었다.

"엄마 그게 무슨 말씀이세요?"

"내 삶에 남자는 단 두 명이었다. 한 명은 밤마다 내 몸을 덮쳤지. 두 번째는 귀족이라는 이유만으로 날 사랑하기를 두려워했다. 모두가 겁쟁이였어. 첫 번째 남자는 가난한 삶을 참을 수 없어 자살을 하고, 두 번째 남자는 혼자 사는 길을 택했지."

"엄마!"

"넌 사람이 얘기를 하면 좀 들어라. 그렇게 네 맘대로만 하지 말고!"

"엄마 이상해지셨어요."

사드리의 목소리는 속삭임에 가까웠다.

"난 이제 사르마 같은 사위마저 생겼구나. 대체 무슨 사내가 그 모양이냐? 가난한 데다 일도 열심히 안 하고 고집불통이고 책임감이라고는 털끝만큼도 없는 놈이 자존심이나 내세우고…."

"엄마!"

"소리 지르지 말거라. 넌 네가 어떤 남자랑 결혼했는지 알기나 하는 거냐? 그 남자가 널 사랑하기는 하는 거냐? 넌 그저 편하게 살려고 이용당하는 걸 수도 있다."

"그렇게 말씀하지 마세요, 엄마!"

"난 여자 젖이나 빨아대는 가난한 남자는 싫다!"

"그 사람도 지금 노력하고 있어요. 제발 그이를 믿어 주세요."

"넌 매일 나한테 와서 애걸하고 있잖니, 재산을 달라고 하면서. 남편과 같이 오라 해도 네가 거절하고 있잖아. 그 빌어먹을 놈의 자존심 위한답시고. 대체 네가 이렇게 그 남자를 죽자 살자 사랑하는 이유가 뭐냐?"

금브렉은 딸을 쳐다보았다.

"왜 말이 없는 게야? 내가 확신하건데 그 놈이 네게 주는 건 잠자리의 즐거움뿐일 거다!"

금브렉의 말투가 점점 거칠어졌다.

"엄마!"

"잘 들어. 네가 네 남편과 오면 내가 땅 다섯 평을 주겠다. 하지만 그 놈이 내게 직접 부탁하지 않으면 난 한 조각도 줄 생각이 없다. 나는 그 놈이 사내인지 계집인지 알고 싶구나. 이 땅은 내 거야. 내가 일군 땅이다. 이 땅엔 내 모든 땀이 녹아 있어. 이제 집에 돌아가거라. 난 피곤하다."

금브렉이 사드리의 눈을 바라보았다.

"엄마는 변하셨어요! 뜰라가가 이 집에 온 뒤로부터 모든 것이 변했어요. 아마 뜰라가가 아직도 귀족 여자여서 그런 거예요.

뜰라가는 시집 올 때 정식으로 조상에게 작별 의식을 치르지도 않고 왔잖아요. 그래서 우리 집이 이렇게 되어 버린 거라고요."

사드리가 엄마의 귀에 속삭였다. 그러자 금브렉은 눈을 부릅 떴다. 그리고 거칠게 침을 뱉었다. 담뱃잎이 아직도 그녀의 이에 달라붙어 있었다.

그날 밤 뜰라가는 잠을 잘 수 없었다. 시어머니와 시누이의 대화가 내내 머릿속에서 사라지지 않았다.

***

"너와 하고 싶은 얘기가 있다, 뜰라가."

"무슨 말씀이세요, 어머니?"

"네 문제다."

"제 문제요?"

"그래. 난 네가 내 고통을 이해해 주었으면 좋겠구나."

"전 어떤 말씀이든 들을 준비가 되어 있어요. 어머니의 말씀이라면, 어머니를 위한 일이라면 전 뭐든 해요, 어머니."

"넌 내가 무슨 말을 할지 알고 있는 게로구나."

"무슨 말씀이신지…"

"네가 이 집에 온 지 얼마나 되었니?"

"칠 년 되었어요."

"그간 참 많은 일이 있었지."

"누구에게나 있는 일이에요, 어머니. 그리고 그게 모두 제가 살아있다는 의미이기도 하구요."

"내가 하고픈 중요한 말이 있단다. 이건 우리 집안의 안전과 평안을 위한 아주 중요한 일이란다."

"전 어머니가 무슨 말씀을 하시는지 모르겠어요."

"예전에 네가 우리 집으로 시집올 때 넌 친정에 정식으로 작별 인사를 하지 않고 왔다. 조상들에게 빠띠왕이 의식을 치르지도 않았지. 난 네가 지금 그것을 하길 바란다, 우리 가족을 위해서."

금브렉의 말투는 명령에 가까웠다. 뜰라가는 고개를 들었다. 그리고 지금 듣고 있는 말이 꿈이기를 바랐다.

"어머니, 진심이세요?"

"그래!"

뜰라가는 입술을 깨물었다. 전병을 만들기 위해 찹쌀을 계속해서 빻으며 일부러 몸을 바삐 움직였다. 그녀는 절구질이 이 불안함을 없애주길 바랐다. 뜰라가는 땀이 줄줄 흘러내리고 팔이 아파 더 이상 움직일 수 없을 때까지 절구질을 했다. 절구가 그녀의 마음을 진정시키자 이번에는 고통이 찾아왔다.

"나는 시장에 갔다 오마. 촌장님과 약속이 있어. 내 말을 잘 생각해 보거라. 모두 우리 가족을 위한 일이다. 다 네 아이를 위한 일이야."

금브렉은 주방에서 나갔다. 뜰라가는 한숨을 내쉬었다. 땀이 온몸을 적시도록 내버려 두었다. 머리카락이 뒤엉켜 있었다. 자신도 모르게 뺨에 눈물이 흐르고 있었다. 뜰라가는 입술을 깨물었다. 적막한 새벽 공기가 와얀을 생각나게 했다. 와얀의 몸과 처음으로 맞닿았을 때 뜰라가는 우주가 되는 법을 배웠다.

"넌 야생적이야."

"오빠가 먼저 시작했잖아."

뜰라가는 와얀의 몸을 껴안으며 말했다. 뜰라가는 자신이 아무것도 걸치지 않고 있다는 것을 개의치 않았다. 와얀 앞에서는 어린아이가 되고 싶었고, 와얀의 몸이 자신의 몸과 하나가 되는 데 무엇 하나 걸리지 않기를 바랐다. 와얀은 정말로 뜰라가에게 불을 안겨다 주었다. 뜰라가는 눈을 감았다.

등 뒤에서 어떤 남자가 자신을 껴안자 와얀의 환영이 사라졌다. 뜰라가는 비명을 지르려 했으나 목소리가 나오지 않았다. 그 손은 너무나 힘이 셌다. 남자가 숨 쉴 때마다 냄새가 났다. 혀가 뜰라가의 목을 핥고 있었다. 뜰라가는 몸부림을 쳤다. 그러나 뜰라가가 몸부림을 칠수록 남자의 몸은 점점 더 밀착되었다.

"넌 뭘 하고 있든지 항상 아름다워. 네 아름다움은 완벽해졌어. 몸이 더 아름다워졌다고. 넌 예전보다 더 거칠어 보이고 남자의 욕정을 부르고 있어. 예전에 난 무대 위에 있는 네 몸을 바라보며 포르셀린 같은 네 몸을 만져보고 싶었어. 지금 네 몸은 완전히 달라졌어. 더 생기가 돌아. 아주 매력적인 수드라 여자가 되었어. 여자로서의 네 아름다움이 점점 완벽해졌다고 할 수 있지."

"사르마! 당신 미쳤어요? 난 당신 아내의 올케라고요!"

174

뜰라가가 소리 질렀다. 그러자 사르마는 입술로 뜰라가의 입술을 막았다. 뜰라가의 블라우스가 찢어졌다. 그 남자는 여자의 옷을 벗기는 일에 도가 튼 남자였다. 뜰라가는 자신에게 욕을 퍼 부었다. 왜 지금 내가 이 남자의 손놀림을 즐기고 있는 걸까. 내 시누이 남편의 손길을!

"오, 신이시여⋯."

뜰라가가 비명을 지를 때 대문에서 사리의 목소리가 들려왔다.

"엄마! 엄마!"

사리의 목소리가 점점 더 가까워졌다.

뿌뚜 사르마는 뜰라가를 품에서 놔주었다. 뜰라가는 머리와 옷을 매만지고 어질려져 있는 냄비들을 바로 놓았다.

"엄마, 무슨 일이에요?"

"엄마가 넘어지셨단다. 웬일로 이렇게 학교에서 일찍 오니, 사리야?"

뿌뚜 사르마가 사리에게 말을 걸었다. 뜰라가는 경멸에 찬 시선으로 그 남자를 바라보았다. 이런 일이 또 생길까 봐 너무나 두려웠다. 만일 사리가 눈치라도 챈다면 뜰라가는 그를 죽여 버릴 것이다.

"아파서요."

루 사리는 뿌뚜 사르마를 껴안으며 가볍게 말했다.

"아파?"

"네."

"사드리 고모는 어디 갔어요?"

"시장에 갔단다."

뿌뚜 사르마는 사리를 업었다. 뜰라가는 뿌뚜 사르마를 노려보았다.

"제 아이를 당장 내려놓으세요!"

"엄마, 왜 그러세요?"

루 사리가 엄마의 눈을 쳐다보았다. 사리는 놀란 것이다. 엄마가 지금처럼 화를 낸 적이 없었다. 보통 엄마는 뿌뚜 사르마 고모부가 뭘 하든 상관하지 않았다. 사실 사리는 뿌뚜 사르마 고모부를 좋은 남자라고 생각하고 있었다. 심지어 나중에 고모부와 같은 남자를 사랑하게 되길 바라고 있었다. 풍채가 당당하고 친절했다. 오늘 엄마가 왜 저러시는 걸까? 사리는 이해할 수 없었다. 그러나 엄마의 감정을 상하게 하고 싶지 않아 사르마의 등에서 내려왔다. 그리고 사르마에게 속삭였다.

"엄마가 기분이 좋지 않아요. 아침에 할머니랑 싸우셨거든요."

뿌뚜 사르마는 고개를 끄떡이며 사리의 볼에 뽀뽀했다. 뜰라가는 다시 뿌뚜 사르마를 노려보았다.

"다시 올게."

"자주 오세요, 고모부. 저랑 놀아주세요."

사리가 큰 소리로 말했다. 뜰라가는 사리의 입을 막았다. 뿌뚜 사르마는 미소 지으며 뜰라가를 장난스럽게 쳐다보았다.

"네 엄마에게 말하렴, 사리. 난 네 엄마에게 존경을 표한다고. 절대 몸에 상처를 내지 않겠다고. 마음에도 말이야."

사르마가 외쳤다. 루 사리는 이해할 수 없다는 듯 엄마를 바라보았다. 어른들은 참 이상해. 아이들이 이해하지도 못할 말을 한단 말이야. 그리고 혼내는 사람도 없는데 몰래 혼자 울어. 이상해. 정말 이상해. 루 사리는 혼자 중얼거렸다.

***

"대체 어떤 악마가 널 이리로 데려온 게냐?"

분노에 가득 찬 목소리였다.

"끄낭아. 어찌 되었든 뜰라가는 네 자식이다, 끄낭아."

"전 딸을 잃은 지 오래예요, 아버님. 제 딸은 이미 죽었어요."

"끄낭아!"

"제 딸은 이미 죽었어요, 죽은 딸아이가 다시 올 리는 없다고요."

엄마의 목소리가 분노로 가득했다. 친정에 가지 않은 지 거의 십 년이 되었다. 왜 귀족 사원의 문턱을 밟는 순간 고통스러웠을까, 뜰라가는 알 수가 없었다. 가슴이 아팠다. 귀족 사원 사람들의 차가운 시선을 마주하자 가슴이 더 아팠다.

"더 야위었구나. 몸을 제대로 돌보지 않은 게냐, 뜰라가?"

할아버지가 다정하게 말씀하셨다.

"어르신…."

뜰라가는 거의 울 뻔했다. 그러나 귀족 사원의 사람들 앞에서 자존심을 지켜야 했다. 뜰라가는 약한 모습을 보이고 싶지 않았다.

"날 그렇게 부르지 말거라. 내가 너보다 더 신성할 게 뭐가 있겠니. 자, 이리 오렴."

할아버지는 뜰라가의 몸을 꼭 끌어안았다.

"난 내 증손녀를 만났단다. 귀엽고 개구쟁이더구나. 꼭 어렸을 때의 너처럼 말이다. 그 애는 종종 나를 쳐다본단다. 내게 인사를 할 때면 내 손을 오래오래 쥐고 있더구나. 그 애는 공부 잘하는 아이들에게 장학금을 주러 학교에 오는 사람이 누군지 모르는 모양이다. 아주 비범한 아이야."

"네, 할아버지. 아직 제가 아이에게 아무 말도 하지 않았어요. 나중에 하려고요. 엄마는 더 늙으셨네요."

"매일 하는 일이라곤 뜨개질뿐이란다. 이따금 사원 예식에 쓸 물건을 사러 나가지."

"여전히 고우세요."

"네 엄마는 옛날부터 예쁘지 않았니. 마치 너처럼 말이다. 넌 가꾸지 않아도 여전히 예쁘구나. 한층 더 성숙해 보이는구나."

할아버지의 목소리는 너무나 부드러웠다.

"귀족 사원에 볼일이 있어서 왔어요."

"걱정 말거라. 내가 교장선생님과 다 얘기했다. 사리의 장학금은 다른 아이들의 세 배로 하기로 했다."

"그 일이 아니에요."

"뭐라고?"

뜰라가는 자신이 더 이상 가족의 일원이 아니기 때문에 귀족 사원의 조상들에게 정식으로 작별인사를 고해야 한다고 말했다.

"저로선 참 하기 힘든 일이에요. 그러나 할아버지와 귀족 사원의 명예가 달린 문제이니 제가 이 귀족 사원에서 기도하고 작별인사를 고할 수 있게 허락해 주세요. 전 본보기가 되어야 해요. 앞으로 수많은 브라만 여성들이 수드라 남성들과 결혼을 해서 많은 문제를 일으키겠죠."

"난 명예를 지킨다는 것이 무슨 의미인지 오랫동안 이해해보려 노력해 왔다. 오냐, 알겠다. 또 네 시어머니께서 바라시는 게 뭐냐?"

"어머니는 제가 빠띠왕이 의식을 치르길 원하세요. 제가 그 의식을 치르지 않는 한, 집에 평온함이 찾아올 수 없다고 생각하세요. 절 불행을 가져 오는 사람이라고 생각하고 계세요."

"넌 행복하지 않은 게냐, 뜰라가?"

"그런 질문은 하지 말아 주세요, 할아버지. 행복이란 참 설명하기 힘든 부분이에요. 말로 표현할 수 없지요. 이따금 전혀 가치 없는 무엇인가가 우리에게 평온함을 주고는 잠시 후에 그것을 도로 빼앗아 가버리곤 하지요. 솔직히 전 어떤 느낌을 행복이라고 할 수 있는지 모르겠어요. 그저 행복이란 그 대가가 매우 값비싸다는 것밖에 모르겠어요."

"그런 소리 말거라."

"절 이해해 주셔서 고마워요, 할아버지."

***

모든 제사 음식이 귀족 사원에 차려졌다. 귀족 사원의 어느 누구도 이 예식을 보러 오지 않았다. 뜰라가 혼자였다. 곁에 있는 사람이라곤 사리뿐이었다.

"여기서 만나는 모든 사람에게 '어르신'이라고 불러야 한다."

"왜요?"

"묻지 말거라."

"엄마 또 화내시기예요?"

"사리야, 이건 놀이가 아니야. 아주 진지한 거란다. 이번엔 엄마를 꼭 도와주렴. 엄마가 하라는 대로 꼭 해야 한다."

"귀족 사원 사람들에게 '어르신'이라고 불러야 한다니…."

사리가 중얼거렸다.

"네, 알았어요."

"약속하지, 사리?"

"네."

사리는 큰 소리로 대답했다. 뜰라가는 미소 지으며 딸아이의 볼을 쓰다듬었다.

어느 누구도 나와 보는 사람이 없었다. 귀족 사원은 마치 아무도 살고 있지 않는 것처럼 적막했다.

"굉장히 조용하네요!"

사리가 속삭였다.

"엄마, 저기 어떤 할머니가 앉아 계세요."

"사리! 엄마가 뭐라고 부르라 했니?"

뜰라가는 눈을 부릅떴다. 뜰라가와 사촌지간인 그 나이 든 여인은 자신이 귀족 여자로 태어난 것을 무척 즐기고 있는 여자였다. 뜰라가가 온 것을 보고는 침을 뱉었다. 뜰라가는 신경 쓰지 않았다. 사원에 온 목적은 단지 조상들에게 인사를 하고 자신이 더 이상 이 집안사람이 아님을 밝히려는 것일 뿐이다.

"엄마, 저 할아버지는 학교에서 종종 사리에게 상장을 주시는 분이세요."

뜰라가의 할아버지, 이다 바구스 뚜구르가 전통복장을 입고 예식을 지켜보러 나타나자 사리가 속삭였다.

뜰라가는 자리에 앉아 온 정신을 집중하기 시작했다. 여러 가지 제사 음식이 앞에 차갑게 놓여 있었다. 향과 술과 꽃이 있었다. 뜰라가는 자신의 출생을 속죄하기 시작했다.

이제 수드라 여성이 되기 위해 단 하나의 의식만이 남아 있었다. 바로 빠띠왕이 의식이었다. '빠띠'는 '죽다'라는 의미이고, '왕이'는 '향기'라는 뜻이다. 이 의식으로 뜰라가는 자신에게 삶을 주었던 이름 '이다 아유'를 죽여야 했다. 이제 그 이름은 더 이상 사용할 수가 없다. 자신에게 허락되지 않은 이름이기 때문이다. 또한 모든 사람들에게 불행만을 가져다주는 이름일 뿐이다!

저 나이 든 여자가 자신의 정수리를 밟기 전에 뜰라가는 자신의 엄마가 그것을 해주길 바랐었다. 뜰라가가 태어난 이래로 엄마는 항상 뜰라가를 귀족으로 존중해주었기 때문이다. 뜰라가는 다른 여자가 자신의 몸을 타고 올라가 정수리를 밟아 자신의 신분을 낮추어 주는 것을 원치 않았다. 그 과정을 통해 뜰라가는 귀족 신분을 완전히 버리게 되는 것이다. 뜰라가는 두려움을 참으려고 애썼다.

"사리는 사원에 가서 엄마를 기다려라. 엄마는 저분과 할 얘기가 있단다."

뜰라가는 사리에게 귀족 사원에서 나가라고 속삭였다.

"싫어요. 사리도 있을 테야."

"안 돼. 할머니 따라 사원에 가 있거라."

뜰라가는 조심스럽게 말했다.

사리는 시무룩한 표정으로 귀족 사원을 나갔다. 사원 문 앞에 정원사가 나타나자 사리는 큰 소리로 인사했다.

"안녕히 계세요, 어르신."

정원사는 사리가 예의를 갖춰 인사하는 것을 보고 깜짝 놀란 표정을 지었다. 이다 바구스 뚜구르는 그런 사리의 행동을 보고 미소 지었다.

"뜰라가, 보렴. 저 아이는 정말로 우리 집 후손인 게 분명하다. 수드라인 정원사는 그런 호칭으로 불려 난처했겠구나."

이다 바구스 뚜구르는 큰 소리로 웃었다.

"인생에는 바꿔야 할 것이 너무 많구나."

할아버지께서 중얼거리셨다.

"엄마를 뵙고 싶어요, 할아버지."

"그러려무나."

뜰라가는 집 안으로 들어갔다. 몇몇 하인들이 예의를 갖추어 뜰라가에게 인사했다.

"엄마. 뜰라가예요. 오늘 조상님들께 작별인사 하러 왔어요. 오늘부터 저는 이다 아유라는 제 이름을 버리게 돼요. 그러니 천 이제 완벽한 수드라 여자가 되는 것이에요. 엄마. 제발 무슨 말씀이라도 하세요."

뜰라가는 방문을 두드렸다. 아무 소리도 들리지 않았다. 엄마는 정말 고집불통인 여인이다.

뜰라가는 계속 큰 소리로 이야기했다. 뜰라가는 아무 여자나 자신의 머리를 짓밟도록 내버려 두고 싶지 않았다. 더구나 그럴 자격도 없는 여자가 그러는 것은 참을 수가 없었다. 밖에 대기하고 있는 여자는 뜰라가를 늘 힘들게 했던 여자였다. 늘 욕설이나 퍼붓는 여자였다. 그러면서도 자기 자신을 높은 지위에 놓고 싶어 했다. 이제 보니 수드라의 세계에도 훨씬 소름 끼치는 귀족성의 가치가 있는 것이었다.

"엄마. 저 작별인사 하려고 해요. 전 엄마가 제 말을 듣고 계시리라 믿어요."

여전히 아무 소리도 들리지 않았다. 곧 물건 하나가 방 밖으로 내던져져 뜰라가는 발을 다칠 뻔했다. 그 물건은 흰색 천으로 감싸져 있었다. 뜰라가는 그것을 집어 들었다. 그리고 천천히 열어보았다. 그 물건에서는 이상한 전율이 흐르고 있었다. 그것은 비녀였다!

"이제부터 그건 네 것이다."

뜰라가의 귀에 들리는 단 한마디였다.

"엄마, 고마워요. 제가 와얀의 아내가 된 것을 한 번도 후회하지 않았다는 것을 엄마가 알아 주셨으면 좋겠어요. 단지 제가 유감스러운 건 진짜 귀족보다 더 귀족인 체하는 사람들이 너무나 많다는 거예요."

뜰라가는 천천히 걸어 나왔다.

"할아버지, 저 갈게요."

뜰라가는 할아버지를 꼭 껴안았다.

"넌 비범한 여성이다, 뜰라가. 네가 내 손녀라는 것이 너무나 자랑스럽구나."

할아버지는 뜰라가의 뺨을 톡톡 두드렸다.

사원의 분위기는 점점 고조되고 있었다. 제물이 뜰라가 앞에 놓여 있었다. 시어머니는 대나무 돗자리에 앉아 있었다. 날이 점점 어두워지고 있었다. 무화과나무 잎사귀 냄새가 뜰라가의 코를 찔렀다. 뜰라가는 옷을 벗기 시작했다. 이제 가슴에 두르고 있는 흰 천만 남아 있었다. 제사장이 주문을 읊으대기 시작했다. 그리고 한 나이 든 여성이 뜰라가의 머리를 밟고 정확히 정수리 부분에 올라섰다. 꽃과 물이 하나가 되었다. 이번엔 꽃과 물이 뜰라가의 친구가 되어 주지 못했다. 물은 하염없이 뜰라가의 온몸을 찔러댔고, 꽃은 뜰라가의 몸을 긁으며 상처를 냈다. 가족의 평안을 위해서 뜰라가가 반드시 치러내야 하는 의식이었다. 루 사리를 위해서라도…. 모두 뜰라가를 가족에게 불행을 안겨주는 씨앗으로 여기고 있었다.

물이 칼이 되어 뜰라가의 온몸을 찔러 대고 있었다. 뜰라가는 몸을 벌벌 떨었다.

"난 이다 아유 뜰라가 삐다나로서의 역할을 달라고 부탁한 적이 없어. 만일 이 삶이 내게 그 역할을 계속 강요한다면 난 그저 최고의 배우가 되어야 하겠지. 내 삶은 뜰라가로서의 빛나는 역할에 대해 책임을 져야 해."

뜰라가는 중얼거렸다. 그리고 그 나이 든 여성이 자신의 머리 위에서 발을 씻도록 내버려 두었다. 자신을 새 여자로 태어나게 하기 위한 의식이었다. 한 사람의 진정한 수드라 여성으로!

전통, 관습 그리고 운명에 맞서는
발리 여성들의 이야기

'인도네시아 문학의 미래는 여성작가의 손에 달려 있다'

현재 인도네시아 서점에 가면 여성작가들의 작품이 문학(인
도네시아어로 '문학'을 '사스뜨라sastra'라고 한다) 코너의 벽면 책
장을 가득 채우고 있음을 발견하게 된다. 이처럼 동시대 인도네시
아 문단의 큰 특징 중 하나는 그 어느 때보다 여성작가들이 활발
하게 작품을 발표하며 문단의 주된 흐름으로 자리 잡고 있다는
점이다. 1998년 수하르또 정권의 몰락 후, 인도네시아 전 사회에
는 투명성과 자유를 지향하는 바람이 불어왔다. 창작활동을 제한

하는 검열제도가 없어지자 2000년대 인도네시아 문단에도 이례 없는 새 바람이 불어 왔는데, 특히 젊은 여성작가들의 출현으로 인도네시아 문단은 활기가 가득 찼다. 이 같은 여성작가들의 활약에 대해 호평과 비평이 교차되고 있다. 특히 기존 인도네시아 문학에서 금기시되어 왔던 성의 문제를 매우 직설적인 화법과 대담한 수위로 묘사하는 젊은 여성작가들의 작품에 대해 문학성을 의심하기도 하고, 이러한 작품들이 성을 상품화하고 있다는 우려의 목소리도 적지 않다. 그러나 자유로운 성 의식을 비롯한 다양한 문제의식을 새롭고도 유연한 문체로 다루면서 인도네시아 현대 문단을 양적으로나 질적으로 풍요롭게 하는 여성작가들의 활발한 창작활동에 대해 많은 문학평론가들이 긍정적 평가를 하고 있다. 시인이며 문학평론가인 사빠르디 조꼬 다모노^{Sapardi Djoko Damono}는 "인도네시아 문학의 미래는 여성작가의 손에 달려 있다"며 극찬을 아끼지 않았다.

인도네시아 현대문단이 주목하는 작가, 오까 루스미니

오까 루스미니^{Ida Ayu Oka Rumini}는 2000년대 인도네시아 문단이 주목하고 있는 여성 작가 중의 한 명이다. 인도네시아 문학평론가들은 오까 루스미니의 작품들이 인도네시아 문단에서 매우 의미 있고 중요한 위치를 지니고 있다고 평하고 있다. 이는 그녀의 작품이 단순한 문학작품을 넘어 발리 사회와 문화에 대한 일종의 다큐멘터리라고 볼 수 있기 때문이다. 예를 들어, 문학평론가 다미 또다Dami N. Toda는 "발리 출신이 아닌 독자들에게 오까 루스미니의 소설은 단순히 문학작품으로서 미적인 가치만을 선사하는 것이 아니라, 발리 문화에 대한 본질적인 이해를 제공하고 있다. 동시대 인도네시아 문단에서 오까 루스미니의 등장은 '현지 문학의 귀재 등장'이라 말해도 과언이 아니다."라고 평한 바 있다.

오까 루스미니는 1967년 발리 태생으로 카스트 제도 최상층인 브라만 계급이었으나, 자바 출신의 시인이며 수필가인 아리프Arief B. Prasetyo와 결혼하면서 브라만 계급으로서의 사회적 신분을 포기하였다. 발리 우다야나 대학교에서 인도네시아 문학을 전공했고, 현재 일간지 <발리 포스트Bali Post> 기자로 근무하며 발리 덴빠사르Denpasar에서 거주하고 있다. 고등학교 시절 시인 수까위다나GM Sukawidana로부터 문학수업을 받으면서 창작활동을 시작했고, <발리 포스트> 등의 일간지에 시와 단편들을 발표했다. 2003년 발표한 장편 『끄낭아』가 고등학교 재학 당시 쓴 작품이라는 것이 알려져 문단의 화제가 되기도 했다. 저서로는 장편 『발리의 춤Tarian Bumi(2000)』, 『끄낭아Kenanga(2003)』, 『뜸뿌룽Tempurung(2010)』, 단편집 『사그라Sagra(2000)』, 그리고 시집 『빠띠왕이Patiwangi(2003)』, 『판도라Pandora(2003)』 등이 있으며, 『발리의 춤』은 영어와 독일어로 번역, 출간되었다. 오까 루스미니는 『발리의 춤』으로 2003년에 인도네시아 문교부 최고 작품상 등 국내 다수의 문학상을 수상

했으며, 2012년에는 태국 정부로부터 동남아시아 작가상$^{SEA\ Write}$ ^{Award}을 수상했다. 2003년 독일 함부르크 대학교에서 초청문인으로 활동하기도 했다.

'억압'과 '자유'의 문턱에 선 발리 여성들

오까 루스미니의 작품들을 전반적으로 살펴보면, 그녀가 작품을 통해 주로 젠더 이데올로기가 작동하는 발리 사회의 가부장적 카스트 제도 및 전통과 문화를 문제 삼으며, 발리 여성들이 겪는 젠더 불평등에 대한 이슈를 주된 테마로 다루고 있다는 점이 발견된다. 이와 관련하여 흥미로운 점은 그녀의 장편들이 주로 '카스트 타 계급 간의 결혼$^{Cross-caste\ Marriage}$'이라는 테마를 통해 가부장적이며 남성의 편에 서있는 발리의 종교, 전통, 문화에 대한 문제의식을 제기하고 있다는 점이다. 앞서 소개한 바와 같이, 그녀는 카스트 제도의 최상층인 브라만 계급이었으나, 발리 남성이 아닌 자바 남성과 결혼하여 브라만 계급으로서 누릴 수 있는 모든 신분상의 특혜를 포기하였다. 인구의 85% 정도가 이슬람 신자인 인도네시아는 국교가 이슬람교는 아니지만, 세계 최대의 이슬람 신자 수를 가진 나라이다. 그러나 발리인들 대다수는 힌두교를 신봉하며, 힌두교의 영향으로 발리 사회는 카스트 제도를 가지고 있다. 발리의 카스트 계급은 Brahmana, Kesatria, Wesia, Sudra로 나뉘며 인도 힌두교 와루나^{Waruna} 체계의 4성 제도에 근거하고 있다. 발리 사회 내에서 카스트 신분제도를 개혁하고자 하는 사람들이 있음에도 불구하고, 대부분의 발리인들은 카스트를 수용하는 자세를 보이고 있다. 따라서 현재까지도 발리 사회에서 카스트는 여전히 중요한 부분으로 인식되고 있으며, 카스트 신분의 특혜 또한 존재한다. 예를 들어 발리인은 모르는 사람을 만나게 되면 상대방에게 "당신의 카스트는 무엇인가?"라는 질문을 공손한 방식으로 묻는 경우가 많다. 이에 발리인들의 혼인에 있어서도 카스트가 매우 큰 영향을 미치고 있는 것은 놀라운 것이 아니다. 발리인들은 혼인은 같은 카스트 간에 하는 것이 바람직하다고 여긴다. 특히 상위 카스트 여성이 하위 카스트 남성과 결혼하는 것은 금기되어 왔으며 현재까지도 많은 부모들이 딸이 하위 카스트 남성과 결혼하는 것은 바람직하지 않다고 생각하고 있다. 반면 상위 카스트 남성과 하위 카스트 여성의 '상승 혼'은 관습적으로 허용하고 있고 이 경우 여성은 남편의 카스트에 소속하게 된다. 이러한 점을 감안할 때 브라만 계급의 오까 루스미니가 자바인 아리프와 결혼을 선택한 것은 단순히 신분상의 특혜를 포기한 것만이 아님을 알 수 있다. 타 종족 간의 결혼으로 그녀는 가족을 비롯하여 자신이 속한 귀족 사원과 귀족 사회에서 큰 비난과 경멸을 받아야 했으며 경제적 어려움을 겪어야 했다. 따라서 오까 루스미니가 작품들 속에서 다루는 '카스트 타 계급 간의 결혼'은 자신의 삶과 경험에 바탕을 두고 있다고도 볼 수 있다.

그녀의 대표작 『발리의 춤』은 두 가지 형태의 카스트 타 계급 간의 결혼을 주제로 다루고 있다는 점에서 무척 흥미로운 작품이 다. 『발리의 춤』은 각자 다른 방식으로 행복을 추구하는 두 세대 발리 여성 즉 엄마인 스까르Ni Luh Sekar와 그녀의 딸 뜰라가Ida Ayu Telaga의 삶을 그리고 있는데, 수드라 계급인 스까르는 브라만 계급 의 남성과 결혼을 하며 브라만 계급인 뜰라가는 수드라 계급의 남성과 결혼을 한다.

작품에서 카스트 타 계급 간의 결혼이 지닌 상징적인 의미는 두 가지로 해석해 볼 수 있다. 첫째, 카스트 타 계급 간의 결혼은 여성을 억압하는 발리 사회의 종교, 문화, 전통에 대한 발리 여성 의 저항의 자세를 상징한다. 오까 루스미니는 작품 속 두 주인공 인 스까르와 뜰라가가 발리 사회의 종교와 전통이 허용하지 않는 타 계급 간의 결혼을 선택하는 것을 통해 불평등한 여성 억압의 현실에 순응하지 않고 자신의 삶을 개척해 나가는 발리 여성의 행복 추구에 대한 욕망과 의지를 보여주고 있다. 둘째, 카스트 타 계급 간의 결혼은 발리 여성들이 겪고 있는 불평등한 현실 자체를 상징한다. 이는 타 계급 간의 결혼의 결과가 여성과 남성 에게 차별적으로 나타난다는 것에서 잘 드러난다. 즉, 작품 속에 서 타 계급과의 결혼을 선택한 남성은 이러한 선택의 결과로 희생 과 고통의 대가를 요구 받지 않으며 삶의 변화를 겪지 않는다. 반면 타 계급과의 결혼을 선택하여 자신보다 카스트 계급이 높거 나 혹은 낮은 남성과 결혼한 여성은 이러한 선택으로 인해 각종

변화와 도전을 마주하고 희생과 대가를 요구 받는다. 또한 남편이 사망하면 그들의 주변인들은 발리 사회 내 부적합한 결혼으로 인식되는 타 계급 간의 결혼이 결국 불행한 결과를 가져 왔다고 생각하고, 이러한 결혼을 감행한 여성들을 불행의 씨앗, 즉 원인 제공자로 여겨 비난과 질책을 한다. 이 또한 타 계급 간 결혼의 결과가 여성과 남성에게 차별적으로 나타난다는 것을 시사하고 있다. 따라서 오까 루스미니는 카스트 내 타 계급 간의 결혼을 상징으로 하여 발리 사회의 가부장적 종교, 전통, 문화에서 발리 남성들은 모든 특혜를 누리고 있는 반면, 여성은 그렇지 못한 현실을 보여주고 있다.

'땅'이며 '대지'인 발리 여성들의 땀과 불

발리 출신 학자 뇨만 Nyoman Darma Putra은 "발리 여성들은 혹독하게도 교육, 직장, 정치 등 발리 사회 내 여러 영역에서 혜택을 받지 못하며 사회적 약자의 입장에 있다. 그러나 발리 여성들은 결코 이에 대해 수동적인 자세를 취하거나 그저 받아들이기만 하는 자세를 취하지는 않는다. 발리 여성들은 자신들의 운명과 삶을 향상시키기 위해 언제나 무릎 사이로 양손을 깍지 낀 채 준비하는 자세를 지니고 있다"라고 발리 여성들을 설명한다. 뇨만이 바라본 발리 여성은 『발리의 춤』에 고스란히 그려져 있다.

작품 속 두 주인공 스까르와 뜰라가는 여성을 둘러싸고 있는 불평등한 현실에서 그들을 향한 억압을 그대로 수용할 것인가 아니면 이에 저항할 것인가의 문턱에 있었다. 그리고 비록 그들이 서로 추구하는 바는 다를지라도 궁극적으로는 억압과 구속을 벗어나 자신의 인생을 끌어올리고자 운명과 삶의 도전에 용기 있게 맞서며 행복을 위해 끊임없이 노력한다. 본 작품의 원제는 『대지의 춤 Tarian Bumi』이나, 발리 출신 작가 오까 루스미니의 작품을 처음으로 한국 독자에게 선보이는 것이니만큼 작품 속에 가득한 '발리의 색채'를 제목에 담고자 번역서의 제목을 『발리의 춤』으로 바꾸었다. 원제인 『Tarian Bumi』에서 'Tarian'은 인도네시아어로 '춤'을 의미하며 'Bumi'는 '지구', '땅'을 의미한다. 이때 '대지bumi'가 상징하는 바는 '발리 여성'이라고 볼 수 있다. 이는 작품 속에서 다음과 같이 스까르의 엄마를 통해 작가가 발리 여성에 대해 표현한 것에 잘 드러난다.

"발리 여성이란 말이다, 얘야. 한숨을 쉬는 일에 익숙하지 않은 여성들이란다. 발리 여성들은 불평하고 한숨을 쉬기보단 차라리 땀을 흘리길 선택하지. 오직 땀을 흘리는 일로 그녀들은 살아가고 있으며 또 그렇게 살아가야 한다고 생각한단다. 그녀들의 땀은 불이란다. 그 불로 인해 계속해서 부엌에서 연기가 나올 수 있는 거야. 발리 여성들은 자신들이 낳은 아이에게만 젖을 물리는 게 아니란다. 그녀들은 남자들에게도 젖을 물리고, 이 삶에도 젖을 물리지."

결국 오까 루스미니는 작품을 통해 '자신들이 낳은 아이뿐만 아니라 남자들 그리고 이 삶에까지 젖을 물리는 발리 여성들'이 바로 '대지'이며, 땀과 불로 가득 찬 그녀들의 삶을 '춤^{tarian}'으로 표현하고자 한 것은 아닐까.

발리 여성의 강인한 모성母性과 모상母象이 주는 익숙한 전율

인도네시아 문학을 전공하고 이를 연구하는 길을 걷다 보면 '문학'보다는 '인도네시아'에 더 관심과 중심이 치중되는 경우가 많다. 인도네시아 문학만이 지닌 차별성, 특수성, 그리고 독특함을 눈여겨보게 되고 작품을 읽을 때면 머릿속엔 무엇이 다른가, 왜 다른가, 어떻게 다른가에 대한 생각과 고민으로 가득 차게 된다. 그러나 정작 작품을 읽으면서 마음은 '다름'보다 '같음'에 끌린다. 인도네시아 문학 작품 속에서 작가와 등장인물들이 보여주는 삶에 대한 본질적 고민, 삶과의 치열한 갈등, 행복을 향한 추구 등에 대한 모습들이 나 혹은 우리의 고민, 생각들과 크게 다르지 않다는 것을 발견할 때 나는 더없이 반갑게 공감하고 빠져들게 된다. 오까 루스미니의 『발리의 춤』 역시 마찬가지였다. 발리의 종교, 사회, 문화, 그리고 카스트 신분 제도 등 오까 루스미니가 작품을 통해 선사하는 차별성이 주는 매력보다 먼저 마음에 와 닿은 것은, 지구상 모든 어머니들이 보여주는 사랑이 어쩌면 이렇게도 한결같은 모습일까에 대한 생각이었다. 사리를 향한 뜰라가의 사랑, 뜰라가를 향한 스까르의 사랑, 스까르를 향한 루 달렘의 사랑, 그리고 그들이 보여준 강인한 모성母性과 모상母象이 무엇보다 강렬하게 와 닿았다. 루 달렘이 딸 스까르에게, 그리고 스까르가 딸 뜰라가에게 자신이 오래도록 간직한 비녀를 전해주는 대목에서 가슴 한구석이 뭉클했으며 이는 '달라서'가 아니라 너무나 '같아서' 느끼는 감정이었다. 각자의 어머니로부터 비녀를 받는 순간 스까르와 뜰라가의 몸 안에 흘렀던 그 이상한 전율이란 바로 딸을 향한 어머니의 사랑이었으며, 그것은 나에게 이상한 전율이 아니라 익숙한 전율이었다.

엄마가 스까르에게 준 것은 달랑 비녀 하나가 전부였다. 모양이 이상했으며 매우 뾰족했다. 장식도 매우 구식이었다. 그러나 꽃문양의 조각은 매우 섬세하고 정교했다. 그 비녀를 만지는 순간 스까르는 그녀의 몸 안에 이상한 전율이 흐르는 것 같았다. (…)

곧 물건 하나가 방 밖으로 내던져져 뜰라가는 발을 다칠 뻔했다. 그 물건은 흰색 천으로 감싸져 있었다. 뜰라가는 그것을 집어 들었다. 그리고 천천히 열어보았다. 그 물건에서는 이상한 선율이 흐르고 있었다. 그것은 비녀였다! "이제부터 그건 네 것이다." 그것이 뜰라가의 귀에 들리는 단 한마디였다.

인도네시아 문학을 포함한 동남아시아 문학이 국내에서 주변부 문학으로 자리매김 되고 있는 것에 대한 안타까움을 늘 함께 해주시는 고형렬 선생님, 오까 루스미니의 작품을 한국 독자들에 소개할 수 있는 기회를 주신 도서출판 b 조기조 사장님, 『발리의 춤』 초벌 번역본을 읽어보고 아름다운 그림을 표지로 선물해주신 박은희 작가님께 감사의 인사를 드린다. 그리고 늘 내가 단단히 딛고 있는 '땅'이며 '대지'이신, 사랑하는 나의 두 어머니 박선례 여사님과 문금자 여사님께 감사드린다.

2016년 여름
이연

비판세계문학 3

발리의 춤

초판 1쇄 발행   2016년 7월 14일

지은이 오까 루스미니 | 옮긴이 이연 | 펴낸이 조기조 | 기획 이성민, 이신철, 이충훈, 정지은,
조영일 | 편집 김장미, 백은주 | 교정 신동완 | 인쇄 주)상지사P&B | 펴낸곳 도서출판 b | 등록
2003년 2월 24일 제12-348호 | 주소 08772 서울특별시 관악구 난곡로 288 남진빌딩 401호 |
전화 02-6293-7070(대) | 팩시밀리 02-6293-8080 | 홈페이지 b-book.co.kr | 이메일 bbooks@
naver.com

ISBN 979-11-87036-10-4   03830
값   12,000원